裏の顔

名無しの権兵衛悪党狩

藤井邦夫

角川文庫
24549

目次

第一話　裏の顔

一

大川《おおかわ》には様々な船が行き交い、架かっている両国橋《りょうごくばし》は多くの人で賑《にぎ》わっていた。

両国橋の西詰にある両国広小路《りょうごくひろこうじ》は、多くの露店や見世物小屋が並び、江戸《えど》でも指折りの賑わいを見せていた。

商家の若いお内儀《かみ》は、賑わいを抜けて両国橋を重い足取りで渡り始めた。

若いお内儀は、両国橋の中程で立ち止まって大川の流れを見下ろした。

その疲れ切った顔は哀しみに満ち、大川の流れを見詰める眼は虚《うつ》ろだった。

虚ろな眼から涙が零《こぼ》れ落ちた。

次の瞬間、若いお内儀は、欄干を上がって大川に身を翻した。

水飛沫《みずしぶき》が煌《きら》めいた。

「身投げだあ……」

周囲を行き交う人々は驚き、悲鳴を上げて騒《ざわ》めいた。

商家の若いお内儀は、大川に浮き沈みしながら流れて行った。

欄干の傍には、水色鼻緒の草履が遺《のこ》されていた。


下谷広小路《したやひろこうじ》は、東叡山寛永寺《とうえいざんかんえいじ》や不忍池《しのばずのいけ》弁財天の参拝客や見物客で賑わっていた。

羽織を着た初老の旦那《だんな》は、体格の良い浪人と半纏《はんてん》を着た二人の男を従えて広小路の雑踏を不忍池の畔《ほとり》に向かった。


不忍池には水鳥が遊び、水飛沫が煌めいていた。

羽織を着た旦那は、浪人や半纏を着た二人の男と不忍池の畔を進んだ。

不忍池の畔には木洩《こも》れ日が揺れ、散策する者が行き交っていた。

「藤兵衛《とうべえ》……」

お店者《たなもの》が怒声を上げて雑木林から現れ、匕首《あいくち》を構えて羽織を着た旦那に向かって突進した。

藤兵衛と呼ばれた初老の旦那は怯《ひる》んだ。

半纏を着た二人の男は狼狽《うろた》えた。

「む、村井《むらい》の旦那……」

藤兵衛は、嗄《しわが》れ声を引き攣《つ》らせた。

村井と呼ばれた浪人は、嘲笑《ちょうしょう》を浮かべて藤兵衛の前に進み出た。

「退《ど》け……」

お店者は悲痛に叫び、匕首を構えて藤兵衛に襲い掛かった。

刹那《せつな》、村井が踏み込み、刀を抜き打ちに放った。

お店者は胸元を斬り上げられ、血を飛ばして仰《の》け反った。

村井は、返す刀でお店者を斬り下げた。

お店者は、匕首を握り締めて斃《たお》れた。

「村井の旦那……」

藤兵衛は、安堵《あんど》に吐息を洩らした。

「うむ。瀬戸物屋の順吉《じゅんきち》か……」

村井は苦笑した。

「ああ。借金の形に店を取られたのを逆恨みしての所業でしょう」

藤兵衛は、嘲《あざけ》りを浮かべた。

「旦那、役人です」

半纏を着た男が、不忍池の畔を駆け付けてくる同心《どうしん》と岡っ引を示した。

「こっちは襲われたから村井の旦那が斬った迄《まで》だ。見ていた者も大勢いるさ……」

藤兵衛は、遠巻きにしている散策者を見廻《みまわ》して狡猾《こうかつ》な笑みを浮かべた。


日本橋《にほんばし》川の流れは緩やかだった。

架かっている日本橋には多くの人が行き交い、南詰にある高札場《こうさつば》には様々な人が集まっていた。

背の高い総髪の浪人名無しの権兵衛《ごんべえ》は、高札場の向かい側にある茶店の亭主に茶を頼み、縁台に腰掛けた。

隣には、南町奉行所吟味方与力《みなみまちぶぎょうしょぎんみかたよりき》の秋山久蔵《あきやまきゅうぞう》が茶を飲んでいた。

「御用ですか……」

権兵衛は囁《ささや》いた。

「うむ。過日、両国橋から瀬戸物屋のお内儀が身投げをし、翌日、亭主の瀬戸物屋の主《あるじ》が金貸しの藤兵衛を襲い、村井新八郎《しんぱちろう》と云う用心棒に斬り棄てられた」

久蔵は、茶を飲みながら告げた。

「借金の返済を苦にしての身投げと所業ですか……」

権兵衛は読んだ。

「うむ。借金と利息を合わせた三十両。何としてでも返せと、藤兵衛に迫られてな」

「ですが、借金は利息を含めて返済期限に返すのが当たり前……」

「だが、藤兵衛は借用証文に書かれた返済期限の日時を細工しての取り立てだ」

「細工……」

「ああ。確かな証拠はないがな」

「返済期限を細工しての取り立てですか……」

権兵衛は眉《まゆ》をひそめた。

「うむ。で、借金を返せなければ、女房娘を身売りさせるか、店の沽券《こけん》状を渡せだ」

久蔵は、腹立たしげに告げた。

「金貸し藤兵衛。外道ですか……」

権兵衛は冷笑した。

「うむ。そこでだ権兵衛。返済期限の細工の絡繰りと、金貸し藤兵衛の背後に潜む金主を突き止めろ」

「金主……」

権兵衛は、思わず訊《き》き返した。

「ああ。藤兵衛は取立屋だったが、去年から金貸しになっていてな。金主がいるのは間違いあるまい……」

久蔵は睨《にら》んだ。

「外道の上前を撥《は》ねる悪党ですか……」

権兵衛は苦笑した。

「藤兵衛の非道な遣り口、その金主の指図なのかもしれぬ」

「分かりました。して、始末は……」

「捕らえて罪を償わせる価値もねえ悪党。始末は任せる」

久蔵は、冷徹に云い放った。

「心得ました」

権兵衛は、不敵な笑みを浮かべた。

湯島天神《ゆしまてんじん》は参拝客で賑《にぎ》わっていた。

権兵衛は、湯島天神の東の鳥居を出て女坂を下りた。

女坂を下りた処は切通町《きりどおしまち》であり、裏通りに黒板塀を廻した家があった。

権兵衛は、黒板塀を廻した家を眺めた。

「権兵衛の旦那……」

岡っ引の長次《ちょうじ》が現れた。

「此処《ここ》か、金貸し藤兵衛の家は……」

「はい。住んでいるのは主の藤兵衛と手下の千吉《せんきち》と幸助《こうすけ》。それに妾《めかけ》のおきぬの四人」

「不忍池の畔で瀬戸物屋の亭主を斬った用心棒の村井新八郎は住んでいないのか……」

権兵衛は眉をひそめた。

「はい。近所の人に訊いたんですが、村井らしい浪人は時々来ているそうですが、住んではいないとか……」

長次は告げた。

「そうか……」

「それから、おきぬですが……」

「ええ。錺職《かざりしょく》のお内儀だったのを、半年前に藤兵衛が借金の形に取り、無理矢理に妾にしたそうですぜ」

長次は報《しら》せた。

「借金の形に妾……」

「ええ……」

長次は、腹立たしげに頷《うなず》いた。

「そうか……」

どうやら、金貸し藤兵衛は筋金入りの外道のようだ。

権兵衛は苦笑し、辺りを見廻した。

裏通りの辻《つじ》に職人風の男が佇《たたず》み、藤兵衛の家を見詰めていた。

何者だ……。

権兵衛は気になった。

「旦那《だんな》……」

長次が、藤兵衛の家の黒板塀の木戸が開いたのを報せた。

権兵衛と長次は、素早く物陰に入った。

羽織を着た初老の男が、半纏《はんてん》を着た二人の若い男を従えて木戸から出て来た。

「金貸し藤兵衛と手下の千吉と幸助か……」

権兵衛は読んだ。

「ええ……」

長次は頷いた。

若い女が現れ、藤兵衛たちを見送った。

「妾のおきぬか……」

権兵衛は読んだ。

「きっと……」

長次は頷いた。

藤兵衛は、おきぬに言葉を掛け、千吉と幸助を従えて明神下《みょうじんした》の通りに向かった。

おきぬは見送った。

「旦那……」

長次は、権兵衛に出方を窺《うかが》った。

「追ってくれ」

「承知。じゃあ……」

長次は、藤兵衛たちを追った。

おきぬは、藤兵衛たちを見送り、木戸に入ろうとした。

菅笠《すげがさ》を被《かぶ》った職人風の男が現れ、おきぬに駆け寄った。

「おきぬ……」

職人風の男が呼んだ。

「お前さん……」

おきぬは驚いた。

職人風の男はおきぬの亭主の錺職……。

権兵衛は読み、見守った。

「おきぬ。逃げよう。二人で逃げるんだ」

錺職の亭主は、思い詰めた顔でおきぬに告げた。

「お前さん……」

「此《こ》のまま一緒に逃げてくれ」

錺職の亭主は頼んだ。

「無理です。出来ません」

おきぬは、哀しげに身を退《ひ》いた。

「どうして、何故だ……」

錺職の亭主は、必死に迫った。

「藤兵衛は今、病のおっ母さんと妹のおかよの面倒を見てくれています。それに、私が逃げると、妹のおかよが代わりに藤兵衛の妾にされるんです」

おきぬは、涙声で告げた。

「そんな……」

錺職の亭主は、言葉を失った。

「ですから、もう私の事は忘れて下さい」

おきぬは、素早く木戸を入って閉めた。

「お、おきぬ……」

錺職の亭主は、呆然《ぼうぜん》と立ち尽くした。

権兵衛は見守った。

猪牙舟《ちょきぶね》は櫓《ろ》を軋《きし》ませて神田《かんだ》川を行く。

藤兵衛は、千吉と幸助を従えて昌平《しょうへい》橋を渡り、八《や》つ小路《こうじ》を横切って連雀町《れんじゃくちょう》に進んだ。

長次は尾行《つけ》た。

連雀町の通りには、小さいが洒落《しゃれ》た小間物屋があった。

藤兵衛は、小間物屋『紅堂《くれないどう》』を眺めた。

小間物屋『紅堂』には、お針の稽古《けいこ》帰りの娘たちが訪れ、若いお内儀のおいとを相手に紅白粉《べにおしろい》の品定めをしていた。

おいとは、明るい笑顔で娘たちの相談に乗っていた。

「よし。じゃあな……」

藤兵衛は、千吉と幸助に目配せをして小間物屋『紅堂』に向かった。

千吉と幸助は、足早に立ち去った。

長次が現れ、小間物屋『紅堂』の戸口に走った。


「お邪魔しますよ」

藤兵衛は、おいとに声を掛けた。

「いらっしゃいませ……」

おいとは、藤兵衛を見て笑顔を強《こわ》ばらせた。

「おいとさん、亭主の文七《ぶんしち》さんはいるかい……」

藤兵衛は、薄く笑って框《かまち》に腰掛け、店の奥を窺った。

「いえ。主《あるじ》の文七は今、出掛けていますが……」

おいとは、強ばった面持ちで告げた。

「金策かな」

「はい……」

「借金は二十両、利息は十両。〆《しめ》て三十両。返済期限は明後日。文七さんの金策、上手《うま》く行くと良いですね」

藤兵衛は、嘲《あざけ》りを浮かべた。

おいとは、悔しげに俯《うつむ》いた。

「ま、いざとなればおいとさん、お前さんが年季奉公に出ると良いさ……」

「年季奉公……」

「ああ。おいとさんなら四十両の仕度金を呉《く》れる処もあるぜ」

藤兵衛は、下卑た眼でおいとを見た。

おいとは、俯いたまま震えた。

「まあ、どうなるかは、返済期限の明後日の午《うま》の刻九つ（午後十二時）に決まる事だ。じゃあ、文七さんに宜《よろ》しく……」

藤兵衛は苦笑し、框から立ち上がった。
長次は、素早く戸口から離れ、物陰に隠れた。
藤兵衛が、小間物屋『紅堂』から出て来て八つ小路に向かった。
長次は、物陰から出て小間物屋『紅堂』を一瞥《いちべつ》した。
小間物屋『紅堂』の帳場では、おいとが嗚咽《おえつ》を洩《も》らしていた。
長次は、藤兵衛を追った。

不忍池は日差しに煌《きら》めいていた。
権兵衛は塗笠《ぬりがさ》を目深に被り、不忍池の畔《ほとり》に佇《たたず》んでいる錺職人《かざりしょくにん》を見守っていた。
錺職人は、微風《そよかぜ》に吹かれたように不忍池の方によろめき、進んだ。
身投げ……。
権兵衛の勘が囁《ささや》いた。
錺職人は、不忍池に入ろうとした。
「待て……」
権兵衛は駆け寄り、錺職人の腕を掴《つか》んだ。

錺職人は驚き、振り返った。

「早まるな……」

権兵衛は、笑い掛けた。

錺職人は、崩れるように座り込んだ。

錺職人の名は喜助《きすけ》、藤兵衛が借金の形に妾《めかけ》にしたおきぬの亭主だ。

権兵衛は、喜助が藤兵衛から十五両の金を借り、利息の十両と〆て二十五両の返済が出来ず、女房のおきぬを借金の形に取られたのを知った。

「それで喜助、借金の返済期限はいつだったのだ」

権兵衛は尋ねた。

「あっしは五年後って約束だと思っていましたが、借用証文には二年後と……」

喜助は項垂《うなだ》れた。

「書かれていたのか……」

「はい……」

「その借用証文、見たのだな」

「はい。見せられた借用証文には二年後と確かに書かれていました」

喜助は頷《うなず》いた。

「その借用証文、女房のおきぬを借金の形に取られた時、返して貰《もら》ったのか……」

「いえ。藤兵衛が此《これ》で貸し借りなしだと、借用証文を火鉢で燃やしました」

順吉は告げた。

「燃やした……」

権兵衛は眉《まゆ》をひそめた。

「はい……」

「おのれ……」

藤兵衛は、借用証文の細工が検《あらた》められる前に燃やし、証拠を消したのだ。

権兵衛は読んだ。

おそらく藤兵衛は、どの借用証文も借主に返さず、一瞥させて直ぐに燃やし、返済期限の細工の露見を防いでいるのだ。

何としてでも借用証文を手に入れ、細工を暴く……。

権兵衛は、不敵に笑った。

金貸し藤兵衛は、連雀町の小間物屋紅堂から八つ小路に戻り、昌平橋を渡って神田明神門前町《もんぜんちょう》にある古い一膳飯屋《いちぜんめしや》の暖簾《のれん》を潜った。

長次は見届けた。

僅《わず》かな刻《とき》が過ぎた。

千吉と幸助がやって来て、古い一膳飯屋に入った。

よし……。

長次は、古い一膳飯屋に入った。


「いらっしゃいませ……」

古い一膳飯屋の亭主は、長次を迎えた。

「やあ。酒を頼むよ……」

長次は亭主に注文し、千吉と幸助を相手に酒を飲んでいる藤兵衛の後ろに座った。

「で、千吉、幸助。どうだった」

藤兵衛は、酒を飲んだ。

「はい。親方の云い付け通り、紅堂に妙な紐《ひも》は付いていないか、幸助と調べましたが、今の処、付いていないかと……」

千吉は告げた。

「そうか。妙な紐は付いていないか……」

藤兵衛は笑った。

「はい……」

千吉は頷いた。

「よし。じゃあ幸助、旦那《だんな》の文七の動きをちょいと見張ってみな」

藤兵衛は、幸助に命じた。

「承知しました」

幸助は頷いた。

小間物屋の紅堂……。

旦那の文七とお内儀のおいと……。

妙な紐……。

長次は、運ばれた酒を手酌で飲みながら藤兵衛たちの話を聞いた。

藤兵衛は、小間物屋『紅堂』に妙な紐が付くのを警戒している。

それは、金貸し藤兵衛の次の獲物が小間物屋の紅堂だと云う証《あかし》なのか……。

長次は読み、手酌で酒を飲んだ。

古い一膳飯屋の窓の障子は、夕陽に赤く染まった。

色の剝《は》げた閻魔《えんま》王の顔は、燭台《しょくだい》の小さな火に照らされて不気味だった。

神田連雀町にある小間物屋紅堂……。

主《あるじ》は文七、お内儀はおいと……。

長次は、金貸し藤兵衛の次の獲物が小間物屋『紅堂』だと睨《にら》んだ。

「小間物屋紅堂か……」

権兵衛は眉をひそめた。

「ええ。違いますかね」

「いや。長次の睨み通りだろう」

権兵衛は頷いた。

「旦那……」

「うむ。長次、明日《あした》、俺は小間物屋の紅堂に行ってみる。お前は引き続き藤兵衛を見張ってくれ」

権兵衛は命じた。

「心得ました」

長次は頷いた。

権兵衛は、燭台の小さな火を吹き消した。

閻魔王の不気味な顔は闇に消えた。

「うむ……」

二

神田八つ小路は、昌平坂、淡路《あわじ》坂、駿河台《するがだい》、三河町《みかわちよう》筋、連雀町、須田町《すだちよう》、柳原《やなぎわら》、筋違御門《すじかいごもん》の八つの道に続いている。

権兵衛は、多くの人の行き交っている八つ小路を連雀町に向かった。

権兵衛は、連雀町の通りを進んで連なる店の路地に入った。

小間物屋紅堂……。

権兵衛は、路地の向かい側に連なる店を見廻《みまわ》した。

路地の斜向《はす》いに小間物屋があった。

小間物屋紅堂だ……。

権兵衛は、小間物屋『紅堂』を眺めた。

小間物屋『紅堂』は、小さな店だが洒落《しやれ》た店構えであり、お内儀が店番をしていた。
お内儀はおいと……。
権兵衛は、小間物屋『紅堂』の周囲を見廻した。
斜向いの物陰に幸助が潜み、小間物屋『紅堂』を見張っていた。
権兵衛は見定め、小間物屋『紅堂』の様子を窺《うかが》った。
小間物屋『紅堂』の帳場の端には、行商用の大きな荷物が置かれていた。
亭主の文七は、店をお内儀のおいとに任せて小間物の行商もしているようだ。
権兵衛は読んだ。
借金二十両と利息の十両。返済期限は明日の昼、午《うま》の刻だ。
小間物屋『紅堂』の文七おいと夫婦は、三十両を用意出来たのか……。
権兵衛は、不意にそう思った。
僅かな刻が過ぎた。
中年の男が、店の奥から帳場に出て来た。
亭主の文七……。
権兵衛は睨んだ。

文七は、店番をしていたおいとと言葉を交わし、出掛ける仕度を始めた。そして、おいとに見送られて小間物屋『紅堂』を出て、須田町の通りに向かった。

幸助はどうする……。

権兵衛は見守った。幸助は、文七を追った。

よし……。

権兵衛は、文七を尾行《つけ》る幸助を追った。


神田須田町の通りは八つ小路と日本橋を結び、大勢の人が行き交っていた。

小間物屋『紅堂』主の文七は、賑《にぎ》わう通りを足早に進んだ。

幸助は尾行し、権兵衛は追った。


文七は、室町《むろまち》三丁目の浮世小路《うきよこうじ》に曲がり、西堀留川《にしほりどめがわ》に向かった。そして、西堀留川に架かっている雲母橋《きらずばし》の袂《たもと》を伊勢町《いせちょう》に進み、大店《おおだな》の暖簾《のれん》を潜った。

幸助は、文七が入った大店を窺った。

権兵衛は雲母橋を渡り、西堀留川を挟んだ反対側から文七の入った大店を眺めた。

大店は、小間物問屋『相州屋《そうしゅうや》』だった。

文七は、商売に拘《かか》わりのある小間物問屋相州屋に何をしに来たのか……。
権兵衛は想いを巡らせた。
僅《わず》かな刻《とき》が過ぎた。
文七が、小間物問屋『相州屋』から出て来た。
その表情は硬く、肩を落として重い足取りだった。
どうした……。
権兵衛は戸惑った。
文七は溜息《ためいき》を吐き、重い足取りで西堀留川沿いを浜町堀《はまちょう》に向かった。
幸助は、再び尾行始めた。
権兵衛は、西堀留川を挟んで追った。
文七の硬い表情、肩を落とした重い足取り、溜息……。
権兵衛は読んだ。
金策か……。
権兵衛は、文七が金策に歩いているのだと気が付いた。
そして、伊勢町の小間物問屋『相州屋』での金策は不首尾に終わったのだ。

権兵衛は睨んだ。

文七は、東堀留川の傍と人形町《にんぎょうちょう》を抜け、浜町堀に進んでいた。

幸助は尾行た。

おのれ……。

権兵衛は、文七を見張っている幸助に苛立《いらだ》ちを覚えた。

浜町堀には猪牙舟《ちょきぶね》の櫓《ろ》の軋《きし》みが響いていた。

文七は、元浜町《もとはまちょう》を抜けて浜町堀に架かっている千鳥橋《ちどりばし》を渡り、橘町《たちばなちょう》一丁目にある小間物屋を訪れた。

幸助は、千鳥橋の袂に佇《たたず》んで文七の入った小間物屋を見張った。

権兵衛は見守った。

同業者に金を借りに来たのか……。

権兵衛は読んだ。

僅かな刻が過ぎ、文七が小間物屋から出て来た。

吐息を洩《も》らし、重い足取りだった。

金は借りられなかった……。

権兵衛は睨《にら》んだ。

幸助は、文七の様子を見て嘲笑《ちょうしょう》を浮かべた。

「邪魔だ。退《ど》け……」

権兵衛は、千鳥橋の袂で文七を見張っていた幸助を背後から浜町堀に蹴《け》り飛ばした。

幸助は、驚きの声をあげて浜町堀に落ちた。

水飛沫《みずしぶき》が上がった。

権兵衛は、塗笠《ぬりがさ》を目深に被《かぶ》って千鳥橋を渡り、文七を追った。

「た、助けてくれ……」

幸助は、泳げないのか手足をばたつかせて助けを求めた。

水飛沫は日差しに煌《きら》めいた。

権兵衛は、文七を尾行た。

浜町堀から両国広小路に抜け、神田川に架かっている浅草御門《あさくさごもん》を渡ると、浅草に続く蔵前《くらまえ》通りに出る。

文七は、蔵前通りを進み、公儀の浅草御蔵《おくら》の前を通って諏訪町《すわちょう》に入った。

権兵衛は尾行た。
文七は、諏訪町の辻《つじ》にある蕎麦屋《そばや》の暖簾を潜った。
腹拵《はらごしら》えか……。
権兵衛は戸惑った。
蕎麦屋なら、浜町堀から諏訪町に来るまでの間に何軒もあった。
わざわざ蔵前の諏訪町に来る迄《まで》もない。
此処《ここ》に来て急に腹が減り、蕎麦を食べたくなったのかもしれない。
それとも、金を借りに来たのか……。
権兵衛は読んだ。
何れにしろ覗《のぞ》いてみるか……。
権兵衛は、蕎麦屋に入ろうとした。
蕎麦屋の腰高障子が開き、文七が悄然《しょうぜん》とした面持ちで出て来た。
権兵衛は見守った。
文七は、悄然とした面持ちで浅草広小路に向かった。
蕎麦屋から小女が現れ、塩を撒《ま》いた。
文七は、借金に失敗した。

権兵衛は知った。

文七は項垂《うなだ》れ、重い足取りで進んだ。

二人の羽織袴《はおりはかま》の武士が、駒形堂《こまがたどう》の前から笑いながら出て来て文七とぶつかった。

「無礼者……」

武士は怒鳴り、文七を突き飛ばした。

文七は倒れた。

「おのれ、下郎の分際で……」

「お許しを、どうかお許しを……」

文七は、土下座をして懸命に詫《わ》びた。

「黙れ……」

武士は、土下座する文七を蹴り飛ばした。

「お許しを……」

文七は必死に詫び、頭を抱えて蹲《うずくま》った。

「いいや、許せぬ。手打ちにしてくれる」

武士の一人が熱《いき》り立ち、刀を抜こうとした。

刹那《せつな》、権兵衛は武士が抜こうとしている刀の柄頭《つかがしら》を押さえた。

武士は戸惑い、権兵衛を見た。

「土下座して謝っているのだ。許してやるのだな」

権兵衛は、熱り立つ武士に笑い掛けた。

「お、おのれ。手を離せ」

武士は、権兵衛の手を振り払って刀を抜こうとした。

「抜くな。おぬし何者か知らぬが、白昼町中での刃物三昧《はものざんまい》。只《ただ》では済まぬぞ」

権兵衛は告げた。

「黙れ……」

武士は刀を抜いた。

次の瞬間、権兵衛は武士の刀を抜いた腕を取り、鋭い投げを打った。

武士は宙を舞い、地面に激しく叩《たた》き付けられた。

土埃《つちぼこり》が舞った。

「お、おい……」

もう一人の武士は、叩き付けられた武士に慌てて駆け寄った。

「行くぞ……」

権兵衛は、呆然《ぼうぜん》と立ち竦《すく》んでいる文七を連れて浅草広小路に走った。

隅田川《すみだがわ》は、浅草の吾妻橋《あづまばし》を潜った流れから大川と呼ばれた。

権兵衛は、吾妻橋の西詰の材木町《ざいもくちょう》にある竹町之渡《たけまちのわたし》に文七を伴った。

文七は、船着場で汚れた顔と手足を洗った。

「ありがとうございました。おかげさまで助かりました」

文七は、権兵衛に深々と頭を下げた。

「武士とぶつかるとは、考え事でもしていたのか……」

権兵衛は苦笑した。

「は、はい……」

「ほう。何を考えていたのかな……」

権兵衛は、それとなく促した。

「はい。金策を……」

「金策……」

権兵衛は眉《まゆ》をひそめた。

「はい。手前は金貸しから金を借りておりまして……」

「返済の期限が近付いたか……」

「それが、金を借りた時の返済の約束は五年後、再来年なんですが……」

「ならば、未《ま》だ金策を急ぐ必要はあるまい」

「はい。ですが、金貸しの持ってきた借用証文には、返済は明日《あした》の午《うま》の刻だと……」

「そいつは妙だな。借用証文、良く見たのか……」

「それはもう……」

「そうか。して、返す金は幾らなのだ」

「はい。借りた二十両と利息の十両、〆《しめ》て三十両……」

「して、今、返せる金は……」

「貯めている十三両です」

「残り十七両か……」

「はい。その金策をしているのですが、中々上手《うま》く行かず……」

「どうしようかと考えながら歩いていたか……」

「はい……」

文七は、苦しげに頷《うなず》いた。

「ならば、此度の返済は十三両で、残りの十七両は後刻と云う訳にはいかぬのか…

……」

権兵衛は訊《き》いた。

「それは、難しいかと……」

文七は、吐息を洩《も》らした。

「よし。ならば、俺が代人になって金貸しに頼んでみるか……」

「お侍さまが代人……」

文七は戸惑った。

「うむ。上手く話を付ければ礼金一両、有る時払いの催促なしだ。失敗すれば礼金なし。それでどうだ」

権兵衛は笑い掛けた。

「お侍さま、お名前は……」

「俺か……」

権兵衛は、大川の流れを眺めた。

「俺は流《なが》れ権兵衛だ」

権兵衛は告げた。

「流権兵衛さまですか……」

「小間物屋紅堂の文七にございます」

文七は名乗った。

「よし。ならば文七、金貸しは誰だ」

「はい。切通しの藤兵衛さんにございます」

「切通しの藤兵衛か。よし、代人、引き受けたぞ」

権兵衛は笑った。

竹町之渡の船着場に舫《もや》われた猪牙舟《ちょきぶね》は、大川の流れに揺れていた。

湯島天神は参拝客で賑《にぎ》わっていた。

金貸し藤兵衛の家は、湯島天神女坂の下の切通町にあった。

権兵衛は、文七と別れて黒板塀に囲まれた金貸し藤兵衛の家を訪れた。

長次が、斜向《はす》いの家並みから現れた。

「藤兵衛に動きはないか……」

「ええ……」

「よし。ならば、ちょいと藤兵衛を突いて来る。動いたら後をな……」

「うむ。お前は……」

「心得ました」

「うむ……」

権兵衛は、不敵な笑みを浮かべ、金貸し藤兵衛の家に廻《まわ》された黒板塀の木戸に向かった。

「邪魔をするぞ」

権兵衛は、木戸から戸口の土間に入った。

「へい。何方《どちら》さまで……」

半纏《はんてん》を着た幸助が出て来た。

「金貸しの藤兵衛はいるか」

権兵衛は、幸助に笑い掛けた。

「えっ。お侍さんは……」

幸助は、権兵衛に探る眼差《まなざ》しを向けた。

どうやら、幸助は浜町堀に突き落としたのが権兵衛とは気が付いていない。

権兵衛は苦笑した。

「藤兵衛はいるのか……」

「親方はいるけど、用は何ですかい……」

幸助は、藤兵衛を呼び棄てにする権兵衛に怒りを浮かべた。

「うん。小間物屋の紅堂文七の借金の事だ」

「小間物屋の紅堂文七の借金……」

幸助は戸惑った。

「ああ……」

「お侍さん、藤兵衛はあっしですが……」

藤兵衛は、権兵衛と幸助の遣《や》り取りを聞いていたのか、厳しい面持ちで出て来た。

「おぬしが金貸しの藤兵衛か、俺は紅堂文七の代人の流権兵衛だ……」

権兵衛は、藤兵衛に笑い掛けた。

「文七の代人……」

藤兵衛は眉をひそめた。

「ああ……」

「そうですかい、文七、流権兵衛さんを代人に立てたのですか……」

「うむ。宜《よろ》しくな……」

「で、文七の借金の事で何か……」

藤兵衛は、権兵衛に警戒の眼を向けた。

「他でもない、借金の返済だが、取り敢えず十三両を返し、残りの十七両は一年後の返済にはならぬかな」

権兵衛は頼んだ。

「権兵衛さん、そいつは出来ない相談だ」

藤兵衛は、嘲《あざけ》りを浮かべて一蹴《いっしゅう》した。

「そうか。出来ぬか……」

「ええ……」

藤兵衛は、権兵衛の出方を窺《うかが》うように見詰めて頷いた。

「ならば藤兵衛、文七の借用証文、見せて貰《もら》おうか……」

「えっ……」

藤兵衛は、僅《わず》かに狼狽《うろた》えた。

「文七の借用証文だ。見せてくれ」

権兵衛は、藤兵衛を冷たく見据えた。

「そいつは出来ませんぜ……」

藤兵衛は、引き攣《つ》った笑みを浮かべて断った。

「俺は文七の代人だ。見せて貰える筈《はず》だが……」

「権兵衛さん、借用証文は貸した金の二十両と利息の十両、〆《しめ》て三十両と引き換えですぜ」

藤兵衛は、引き攣った笑みを浮かべて必死に権兵衛に向かった。

「そうか。返す金と引き換えか……」

権兵衛は苦笑した。

「はい……」

藤兵衛は、権兵衛を必死に見据え、喉《のど》を鳴らして頷いた。

「そうか。ならば、明日《あした》の午《うま》の刻に見せて貰うか……」

権兵衛は頷《うなず》いた。

「は、はい……」

藤兵衛は、あっさりと退《ひ》いた権兵衛に安堵《あんど》した。

「処で藤兵衛。過日、不忍池の畔《ほとり》でお前を襲い、斬り棄てられた瀬戸物屋と大川に身投げをしたお内儀にも金を貸していたそうだな」

権兵衛は、藤兵衛に冷ややかな眼を向けた。

「手前は金貸し、貸して欲しいと頼まれれば何方《どなた》にでも貸しますよ」

「そして、お前を借金の形に取った瀬戸物屋の沽券状《こけん》を貸した金より高く売って大儲《おおもう》けしたか……」

「権兵衛さん、そいつが金貸しの手前の仕事ですよ」

藤兵衛は嘲りを浮かべ、開き直った。

「ならば、文七が借金を返せない時には店を押さえるか……」

「ええ。それとも、お内儀《かみ》さんに女郎屋に年季奉公に出て貰うか……」

藤兵衛は冷笑した。

「成る程。文七が借金を返せない時の事は織り込み済みと云うより、そっちが狙いなのかな……」

権兵衛は読んだ。

「さあて、そいつはどうですかね。ま、何れにしろ、紅堂の文七さんには明日の午の刻に三十両、返して貰いますがね」

藤兵衛は、権兵衛を見据えて告げた。

「そうか。ならば、俺も文七の代人として何とかする迄《まで》だ」

「何とかする……」

藤兵衛は眉《まゆ》をひそめた。

「ああ。楽しみにしているんだな……」

権兵衛は、不敵な笑みを浮かべた。

権兵衛は、藤兵衛の家の黒板塀の木戸から出て来た。そして、物陰にいる長次を一瞥《いちべつ》し、不忍池に向かった。

長次は、物陰から見送った。

黒板塀の木戸から幸助が現れ、権兵衛を追った。

長次は苦笑し、見送った。

僅かな刻《とき》が過ぎた。

黒板塀の木戸が開いた。

長次は、緊張を過《よ》ぎらせた。

千吉が出て来て辺りを窺い、不審はないと見定めて木戸の内に声を掛けた。

藤兵衛が現れ、切通しに向かった。

千吉が続いた。

旦那《だんな》の睨《にら》み通りだ……。

長次は追った。

三

不忍池の畔には木洩《こも》れ日が揺れていた。
権兵衛は、切通町の金貸し藤兵衛の家を出て不忍池にやって来た。
幸助が尾行《つけ》て来る……。
権兵衛は、藤兵衛の家を出た時から尾行て来る幸助に気が付いていた。
おそらく、藤兵衛の指図で権兵衛の素性を摑《つか》もうとしているのだ。
ならば……。
権兵衛は、幸助を不忍池の畔に誘《おび》き出した。
幸助は、尾行を気が付かれているとも知らず、木陰伝いに尾行て来る。
行く手に古い茶店があった。
よし……。
権兵衛は、古い茶店の陰に曲がった。
幸助は、慌てて古い茶店に駆け寄り、横手を覗《のぞ》いた。

古い茶店の横手に権兵衛はいなかった。

幸助は戸惑い、古い茶店の裏に進んだ。

刹那《せつな》、現れた権兵衛が幸助を捕まえた。

「な、何しやがる。離せ、離せ……」

幸助は驚き、藻掻《もが》いた。

「騒ぐな……」

権兵衛は、幸助を不忍池の淵《ふち》に引き立ててその尻《しり》を鋭く蹴《け》り飛ばした。

幸助は、悲鳴を上げて不忍池に転げ落ちた。

不忍池に水飛沫《みずしぶき》があがり、幸助の助けを求める声が響いた。

権兵衛は苦笑し、古い茶店の裏から立ち去った。


湯島天神裏の切通しは、本郷《ほんごう》の通りの四丁目に続いている。

金貸し藤兵衛は、千吉を従えて切通しを進んだ。

長次は追った。

藤兵衛と千吉は、多くの人が行き交う本郷の通りに出た。そして、本郷の通りを横切り、北《きた》ノ天神真光寺《てんじんしんこうじ》に進んだ。

長次は尾行た。

北ノ天神の境内では、近所の幼子たちが楽しげに遊んでいた。

藤兵衛と千吉は、北ノ天神の境内を抜けて裏手にある空き地に進んだ。そして、空き地の前にある古寺の山門を潜った。

長次は見届け、古寺の山門に駆け寄って文字の掠《かす》れた扁額《へんがく》を読んだ。

「香済寺《こうさいじ》……」

長次は、扁額に書かれた『香済寺』の文字を読み、境内を覗いた。

境内は掃き清められ、庭木には手入れがされていた。

並ぶ本堂、方丈、庫裏は、静けさに覆われていた。

藤兵衛は、香済寺に何しに来たのだ。

檀家《だんか》なのか……。

それとも、住職か寺男に金を貸しているのか……。

長次は、香済寺について聞き込む事にした。

「ああ、香済寺なら毎月、米を納めていますよ」

通り掛かった米屋の手代は、香済寺を眺めながら告げた。

「そうですか。で、香済寺の御住職は……」

長次は尋ねた。

「妙海《みょうかい》和尚さまですよ」

「妙海さま……」

「ええ……」

「どんな和尚さまですか……」

「そりゃあ、穏やかで寺男の平吉《へいきち》さんは勿論《もちろん》、出入りの手前共に優しく接してくれるし、頼まれれば代筆なんかもしてくれましてね。ま、人徳者ですよ」

「穏やかで優しい人徳者の和尚さまか……」

「ええ……」

「檀家の少ない古寺をやっていられるのも妙海和尚さまの人徳ですよ」

手代は、住職の妙海を誉めた。

「そうですか。じゃあ、香済寺には御住職の妙海和尚と寺男の平吉さんの二人が住んでいるのですか……」

「ええ。それから、本堂の裏の家作に村井新八郎って浪人さんが暮らしていますよ」

「村井新八郎……」

「ええ。親分さん、手前はそろそろ……」

「こりゃあ、手間を取らせたね。いろいろ助かったよ」

長次は、米屋の手代に礼を云った。

「じゃあ……」

米屋の手代は立ち去った。

「村井新八郎、此処《ここ》にいやがったか……」

村井新八郎は、不忍池で金貸し藤兵衛を襲った瀬戸物屋を斬り棄てた用心棒だ。

だとしたら、金貸しの藤兵衛は、家作に暮らす村井新八郎に逢《あ》いに来たのかもしれない。

本堂裏の家作……。

長次は、香済寺の裏に廻《まわ》った。

古い土塀に裏木戸があった。

長次は、裏木戸から本堂の裏庭を覗いた。

本堂の裏庭には何本かの木々があり、古い家作が建っていた。

村井新八郎はいるのか……。
長次は窺《うかが》った。
古い家作は障子を閉め、静けさに覆われていた。
裏庭に忍び込み、家作を覗いてみるか……。
長次は迷った。
村井新八郎は、かなりの遣い手だ。
下手な真似をして気付かれてはならない。
今日は此迄《これまで》だ……。
長次は、裏庭に忍び込むのを止め、香済寺の山門前に戻る事にした。

長次は、古い土塀沿いの路地から香済寺の前に出ようとした。
藤兵衛と千吉が寺男に見送られて、香済寺の山門から出て来た。
長次は、咄嗟《とっさ》に古い土塀の陰に隠れた。
藤兵衛は、千吉を従えて帰って行った。
寺男は見送り、香済寺に戻った。
寺男の平吉……。

長次は、寺男の平吉を見送り、藤兵衛と千吉を追った。

長次は、北ノ天神の手前で藤兵衛と千吉に追いついた。

切通町の家に帰るのか……。

長次は読み、行き先を見届ける事にした。


「それで、藤兵衛と千吉、切通町の家に帰ったのか……」

権兵衛は、長次の報《しら》せを受けた。

「はい。真っ直ぐに。藤兵衛、香済寺の家作に住んでいる村井新八郎に逢いに行ったんでしょうね」

「さあて、そいつはどうかな……」

権兵衛は苦笑した。

「えっ……」

長次は戸惑った。

「村井がいる筈《はず》の家作に人の出入りはなかったのだな」

「ええ……」

「それで、寺男の平吉が山門で見送ったとなると、香済寺の何処かで逢った……」

権兵衛は読んだ。

「はい……」

「香済寺で逢ったとなると、住職の妙海も知っての事……」

「じゃあ……」

長次は、権兵衛の読みに眉《まゆ》をひそめた。

「うむ。藤兵衛は住職の妙海に逢いに行ったのかもしれぬ」

「旦那《だんな》、まさか……」

「うむ。ひょっとしたら、藤兵衛。香済寺の住職の妙海と拘《かか》わりがあるか……」

権兵衛は、読みを進めた。

「ですが、旦那。住職の妙海は穏やかで親切で、代筆なんかもしてくれる人徳者って評判です。非道な金貸しと拘わりがあるとは……」

「長次、香済寺、檀家が少ない割には手入れが行き届いていて、荒れた様子はまったくないのだろう」

「はい……」

「長次、金貸し藤兵衛の金主、香済寺の住職の妙海かもしれぬ」

権兵衛は睨《にら》んだ。

「住職の妙海が藤兵衛の金主……」

長次は啞然《あぜん》とした。

「ああ。妙海、穏やかな人徳者は表の顔、裏の顔がある坊主なのかもしれぬ」

権兵衛は苦笑した。

「は、はい……」

「よし。何れにしろ、勝負は明日《あした》だ」

権兵衛は不敵に笑った。


翌日、権兵衛は神田連雀町の小間物屋『紅堂』を訪れた。

小間物屋『紅堂』は、大戸を閉めていた。

権兵衛は、小間物屋『紅堂』の大戸の潜り戸を叩《たた》いた。

「何方《どちら》ですか……」

店の中から文七の声がした。

「流権兵衛だ」

権兵衛は名乗った。

潜り戸が開き、文七が顔を出した。

「流さま……」

「うむ。邪魔をするぞ」

権兵衛は、素早く店の中に入った。


「どうぞ……」

文七は、権兵衛を店の奥の居間に誘《いざな》った。

「いらっしゃいませ」

おいとが迎えた。

「お内儀か。私は御亭主の代人の流権兵衛だ」

権兵衛は笑い掛けた。

「おいとにございます。此《こ》の度はどうか宜《よろ》しくお願いします」

おいとは、権兵衛に頭を下げた。

「おいと、お茶を……」

文七は、おいとを促した。

「はい。只今《ただいま》、お持ちします」

おいとは台所に立った。

「それで文七、あれから金策はどうした」

「はい。知り合いを廻り、どうにか七両を借りて来ました」

文七は告げた。

「ならば、〆《しめ》て二十両か……」

「はい。借りた金の二十両、利息の十両、〆て三十両には未《ま》だ十両足りません」

文七は項垂《うなだ》れた。

「なあに、借りた金の二十両は用意したのだ。立派なものだ」

権兵衛は笑った。


長次は、金貸し藤兵衛の家を見張り始めた。

藤兵衛の家は静かであり、黒板塀の木戸は閉められていた。

僅《わず》かな刻《とき》が過ぎた。

千吉が、浪人と湯島天神裏の切通しの方からやって来た。

村井新八郎……。

長次は、浪人を村井新八郎だと睨んだ。

千吉と村井新八郎らしき浪人は、藤兵衛の家に入って行った。
長次は見届けた。
藤兵衛は、権兵衛が文七の代人になったのを知り、村井新八郎を用心棒に呼んだのだ。
睨み通りだ……。
長次は苦笑した。

権兵衛と文七は、おいとに見送られて小間物屋『紅堂』を出た。
神田連雀町を出て八つ小路を横切り、昌平橋を渡って明神下の通り……。
権兵衛と文七は進み、突き当たりを湯島天神男坂に曲がった。
男坂と女坂の傍に切通町があり、黒板塀に囲まれた金貸し藤兵衛の家がある。
権兵衛と文七は、藤兵衛の家の前に佇《たたず》んだ。
文七は、緊張に喉《のど》を鳴らした。
権兵衛は、辺りを窺《うかが》った。
物陰から長次が現れ、権兵衛に頷《うなず》いて見せた。

村井新八郎と思われる浪人は、やはり来ているのだ。

権兵衛は、長次に頷き返した。

「流さま……」

文七は、微《かす》かに声を震わせた。

「よし。行くか……」

権兵衛は、笑みを浮かべて黒板塀の木戸に向かった。

文七は続いた。

長次は見送った。


文七と権兵衛は、幸助に誘《いざな》われて居間に通った。

座敷には、藤兵衛と千吉がいた。

「お邪魔致します」

文七は、緊張に声を震わせて挨拶《あいさつ》をした。

「文七さん、御苦労さまだね」

藤兵衛は、薄笑いを浮かべて迎えた。

「いえ……」

文七は、嗄《しわが》れ声を引き攣《つ》らせた。

「やあ。藤兵衛、今日は文七の代人として立ち会わせて貰《もら》うぞ」

権兵衛は、藤兵衛に笑い掛けて文七の隣に座った。

「お好きにどうぞ……」

藤兵衛は苦笑した。

「いらっしゃいませ……」

妾《めかけ》のおきぬが現れ、無表情で権兵衛と文七に茶を出して台所に戻って行った。

何もかも押し殺して生きている……。

権兵衛は、おきぬの胸の内を推し量り、茶を飲んだ。そして、辺りに人の気配を探した。

次の間に人の気配がした。

村井新八郎は、次の間で様子を窺っている……。

権兵衛は睨《にら》んだ。

「さあて、文七さん、今日は貸した金の返済期日。お持ち戴《いただ》けましたかな」

藤兵衛は笑い掛けた。

「は、はい……」

文七は、嗄れ声を引き攣らせ、権兵衛を窺った。

「うむ。そこでだ藤兵衛。文七さんは借りた金の二十両は仕度した……」

権兵衛は告げた。

「二十両……」

藤兵衛は眉《まゆ》をひそめた。

「うむ。残る利息の十両は、後日にしては貰えぬかな」

権兵衛は笑い掛けた。

「利息の十両、後日だと……」

「如何《いか》にも。どうかな……」

「そいつは出来ないよ」

藤兵衛は、嘲笑《ちょうしょう》を浮かべた。

「そうか。ならば、文七の借用証文を見せて貰おうか……」

「借用証文……」

「ああ。借りた金が二十両、利息が十両、返す期限はいつか、名を書いた字と爪印は文七のものか、見定める」

「見定める……」

藤兵衛は眉をひそめた。

「うむ。そして、借用証文に間違いなければ、借りた金の二十両を先ず返そう」

「で、利息の十両は……」

藤兵衛は、腹立たしさを過《よぎ》らせた。

「その後だ。先ずは借用証文だ……」

権兵衛は、藤兵衛を見据えた。

「良いでしょう。じゃあ、貸した金の二十両を見せて貰おうか……」

藤兵衛は、文七を促した。

「は、はい……」

文七は、懐から袱紗《ふくさ》包みを出して膝元《ひざもと》に置き、開けて見せた。

二十両の小判があった。

「二十両です」

「ああ……」

藤兵衛は頷いた。

「藤兵衛、借用証文だ……」

権兵衛は促した。

「ああ……」

藤兵衛は、懐から借用証文を出して見せた。

権兵衛は、借用証文を見据えた。

二十両の借金、十両の利息、今日の日付の返済期限。そして、文七の名が書かれ、爪印が押されていた。

権兵衛は、借用証文を厳しい面持ちで検《あらた》めた。

文七は、喉を鳴らして見守った。

「如何《いかが》ですかい……」

藤兵衛は、権兵衛を見守った。

「藤兵衛、此《こ》の借用証文、写しだな」

権兵衛は告げた。

「えっ……」

藤兵衛は戸惑った。

「藤兵衛、此の証文、文七が名を書き、爪印を押したものではないな」

権兵衛は笑った。

文七は、戸惑いを浮かべた。

「どうしてですかい。文七の名も書いてあり、爪印も押してありますぜ」

「だが、借金の返済の期限が違う……」

権兵衛は告げた。

「何……」

「文七は五年の期限だと思っていたが、いつの間にか三年の期限になっている。そいつは、明らかに本物の借用証文ではなく、何者かが文七の字を真似て名を書き直した偽物、写しに違いない」

権兵衛は笑った。

「そんな証拠、何処にあるんですかい……」

「藤兵衛、写しじゃあないと云うのなら、目利きに見定めて貰うか……」

「目利き……」

「ああ。藤兵衛、本物の借用証文は、金主の処にあるのかな……」

権兵衛は、冷笑を浮かべた。

「金主……」

藤兵衛は動揺した。

「ああ。取立屋だったお前が金貸しになれたのは、金主がいるからだろう」

「そんな。金主だなんて……」

「惚《とぼ》けても無駄だ、藤兵衛。文七の借金は金主に返し、借用証文を返して貰う」

権兵衛は、二十両を素早く袱紗に包み、文七に渡した。

「じゃあ、俺の金主、何処の誰だと云うんだ」

藤兵衛は、権兵衛を睨んだ。

「本郷辺りに住んでいる穏やかな人徳者……」

権兵衛は、藤兵衛を見据えて告げた。

「何……」

藤兵衛は狼狽《うろた》えた。

「どうやら、図星のようだな。ならば、文七。長居は無用だ。本郷に行くよ」

権兵衛は、文七を促した。

「村井の旦那《だんな》、幸助……」

藤兵衛は焦り、次の間に怒鳴った。

「親方……」

幸助が、血相を変えて入って来た。

権兵衛は、文七を素早く庇《かば》った。

村井新八郎は、藤兵衛の金主の素性が知れ、急ぎ香済寺の妙海に報《しら》せに走ったのだ。

幸助は叫んだ。

「香済寺、香済寺に行きました」

藤兵衛は驚いた。

「幸助、村井の旦那はどうした」

千吉と幸助が匕首《あいくち》を抜き、権兵衛と文七に襲い掛かった。

権兵衛は笑った。

「藤兵衛、どうやら見棄てられたな」

千吉は、胸から血を飛ばして倒れた。

権兵衛は、抜き打ちの一刀を放った。

幸助は、袈裟《けさ》に斬られて崩れた。

権兵衛は、返す刀で幸助を斬った。

下手な情けは禍根を遺《のこ》す……。

権兵衛に容赦はなかった。

「野郎……」

藤兵衛が長脇差《ながわきざし》を抜いて、権兵衛に斬り掛かった。

「外道……」

権兵衛は、横薙《よこな》ぎの一刀を放った。

閃《ひらめ》きが走った。

藤兵衛は、首筋を斬られて仰《の》け反り倒れた。

座敷に血の臭いが満ちた。

「流さま……」

文七は、恐ろしそうに声を掛けた。

「瀬戸物屋の主《あるじ》夫婦を死に追い込み、文七たち多くの者を苦しめた報い。思い知るが良い」

権兵衛は、刀を一振りした。

鋒《きっさき》から血が飛んだ。

「おきぬさんはいるか……」

権兵衛は、台所に向かって呼んだ。

「はい……」

おきぬが戸口に現れ、斬られて倒れている藤兵衛、千吉、幸助を無表情に一瞥《いちべつ》した。

「見ての通りだ。最早、長居は無用。早々に亭主の喜助の許《もと》に帰るのだな」

権兵衛は告げた。

「は、はい……」

おきぬは、無表情だった顔を崩し、涙を零《こぼ》した。

「よし。文七、俺は金主の処に行く。お前は家に帰っていろ」

権兵衛は命じた。

四

長次は、金貸し藤兵衛の家の前にいなかった。

浪人の村井新八郎を追った……。

権兵衛は読み、湯島天神裏の切通しを本郷に急いだ。

香済寺から経が響いていた。

村井新八郎は、足早に香済寺の山門を潜って行った。

追って来た長次は、物陰から見送った。

村井新八郎は、権兵衛が藤兵衛の背後に潜む金主が香済寺住職の妙海だと気付いたのを知り、慌てて報せに来た……。

長次は睨《にら》んだ。

香済寺から聞こえていた経が消えた。

住職の妙海は、村井新八郎から事の次第を報された。

長次は読んだ。

住職の妙海は、権兵衛に金主の正体を知られてどう出る……。

長次は、香済寺を見張った。

寺男の平吉が、山門を急いで閉め始めた。

おそらく村井新八郎の指図だ。

山門は軋《きし》んだ。

妙海の生臭坊主、どう出るのか……。

長次は、香済寺を睨み付けた。

方丈の座敷では、初老の肥った住職が袈裟を外して着替えを急いでいた。

「それで村井さん、その文七の代人の流権兵衛と申す浪人。藤兵衛の処からこっちに来ると云うのか……」

初老の肥った住職は、腹立たしげに村井新八郎に訊《き》いた。

「うむ。藤兵衛の持っている文七の借用証文は偽物の写し、本物は裏に潜む金主の処にある筈《はず》だと申してな」

村井は報せた。

「おのれ。村井さん、その権兵衛はどうして藤兵衛の金主が香済寺の住職の妙海だと見抜いたのだ」

初老の肥った住職は妙海だった。

「さあ。理由は分からぬが、見抜いているのに間違いはない」

村井は断定した。

「おのれ……」

住職の妙海は、怒りを過《よぎ》らせた。

「して、流権兵衛、拙者が見た処、かなりの剣の遣い手。此処《ここ》で迎え撃つか、早々に此処から立ち去るか……」

村井は、妙海の出方を窺《うかが》った。

「勿論《もちろん》、此処から立ち去る」

妙海は、二重顎《あご》を揺らして狡猾《こうかつ》な笑みを浮かべた。

「金はどうする」

「貯め込んだ小判はかなりの重さだ。持って逃げるより、此処の何処かに隠し、後日取りに来るのが上策……」

妙海は告げた。

「よし。となると、立ち去る仕度を急ぐのだ」

村井は、方丈の妙海の座敷を出て行った。

妙海は、十徳を着て頭巾《ずきん》を被《かぶ》り始めた。

「和尚さま……」

寺男の平吉が、戸口にやって来た。

「おお。来たか平吉。取り敢えずの金だけを持って急ぎ香済寺を立ち退く、仕度をしろ」

「逃げる仕度は、いつも出来ていますよ」

平吉は、薄く笑った。

「うむ。流石は平吉だな……」

妙海は苦笑した。
香済寺は山門を閉め、静寂に覆われていた。
長次は見張った。
裏木戸から逃げても、横手の路地から山門のある通りに出なければならない。
長次は、山門と土塀の端の裏手に続く路地を見張り続けた。
僅《わず》かな刻《とき》が過ぎた。
村井新八郎が、平吉や頭巾を被り十徳姿の肥った男と裏手に続く路地から出て来た。
現れた……。
長次は見守った。
頭巾を被った十徳姿の肥った男は、香済寺の住職で藤兵衛の金主の妙海……。
長次は睨んだ。
妙海は、村井や平吉と空き地の間の道に向かった。
空き地の間の道の先には、御三家水戸《みと》藩江戸上屋敷があり、神田川の流れがある。
逃げる気か……。

長次は睨み、北ノ天神に続く道を眺めた。

やって来る権兵衛の姿はなかった。

長次は、物陰を出て妙海、村井、平吉を追って空き地に急いだ。

尾行《つけ》る……。

風が吹き抜け、空き地の木々の繁みと背の高い雑草が揺れた。

長次は、空き地の間の道に進もうとして立ち止まった。

妙海、村井、平吉は道中に佇《たたず》み、その前に権兵衛がいた。

権兵衛の旦那《だんな》……。

長次は、雑草の茂みの陰から見守った。


「香済寺住職の妙海だな……」

権兵衛は、頭巾を被った十徳姿の肥った男に笑い掛けた。

「お前が権兵衛か……」

妙海は頭巾を取り、二重顎を揺らした。

「ああ。妙海、お前が金貸し藤兵衛の金主であり、返済期限の細工をした借用証文を偽造し、借りた者たちを騙《だま》し、非道な取り立てをしたのは露見している」

権兵衛は、冷ややかに妙海を見据えた。

「だからどうした。返済期限をはっきり見定めずに名を書き、爪印を押す。まるで騙してくれと云っているようなものだ」

妙海は、嘲《あざけ》りを浮かべて嘯《うそぶ》いた。

「それで、金策に必死な者を弄《もてあそ》んだか……」

権兵衛は、冷笑を浮かべた。

「ああ……」

妙海は、顎に重なる肉を揺らして頷《うなず》いた。

醜い外道……。

権兵衛は、怒りが静かに湧くのを覚えた。

刹那《せつな》、村井新八郎が権兵衛に鋭い抜き打ちの一刀を浴びせた。

権兵衛は、飛び退いて躱《かわ》した。

村井は、尚も踏み込んで権兵衛に斬り掛かった。

権兵衛は、抜き打ちの一刀を放った。

村井は、権兵衛を見据えて刀を構えた。

権兵衛と村井は対峙《たいじ》した。

「村井新八郎だな……」

権兵衛は、村井を見据えた。

「おぬしは……」

「名無しの権兵衛……」

権兵衛は笑った。

「名無しの権兵衛だと……」

村井は眉《まゆ》をひそめた。

「ああ。金貸しの生臭坊主妙海の用心棒とは、己を安売りしたものだな」

権兵衛は煽《あお》った。

「黙れ……」

村井は、鋭く刃風を鳴らした。

権兵衛は、斬り結んだ。

妙海は、喉《のど》を鳴らして見守った。

「妙海さま……」

平吉は、斬り結ぶ権兵衛と村井を見守る妙海に声を掛けた。

「何だ……」

「今の内に……」

平吉は、狡猾な笑みを浮かべた。

「おお。そうか、そうだな……」

平吉と妙海は後退《あとじさ》りし、空き地の間の道を戻り始めた。

「何処に行くんだい……」

長次が、行く手に現れた。

「へ、平吉……」

妙海は怯《おび》え、狼狽《うろた》えた。

平吉は、匕首《あいくち》を抜いた。

「やるか……」

長次は、懐から十手を出して構えた。

「て、手前《てめえ》……」

平吉は、怯《ひる》みながらも長次に襲い掛かった。

長次は、十手を唸《うな》らせた。

権兵衛と村井は、激しく斬り結んだ。
刃《やいば》が噛《か》み合い。草が千切れ、砂利が飛んだ。
権兵衛は、斬り結ぶ村井に冷笑を浴びせた。
「おのれ……」
村井は、熱《いき》り立って攻めた。
権兵衛は押され、空き地の草の茂みに後退りした。
村井は押した。
権兵衛は、刀を下段に構えて鋒《きっさき》を草の茂みに隠した。
刀の鋒を草の茂みに隠し、間合いと見切りを混乱させた。
村井は、嘲笑《ちょうしょう》を浮かべて権兵衛に迫った。
間合いは詰まった。
村井は権兵衛の見切りの内に踏み込み、刀を上段から斬り下げた。
刹那、草の茂みから権兵衛の刀の鋒が跳ね上げられた。
血が飛んだ。
村井は、刀を握る腕を斬られて怯んだ。

権兵衛は大きく踏み込み、袈裟懸《けさが》けの一刀を放った。
閃光《せんこう》が走った。
村井は、胸元を袈裟懸けに斬られて大きく仰《の》け反った。
権兵衛は、飛び退いて残心の構えを取った。
「名無しの権兵衛……」
村井は、嗄《しわが》れ声を引き攣《つ》らせてゆっくりと草の茂みに倒れ込んだ。
権兵衛は、吐息を洩《も》らして残心の構えを解いた。

平吉は、猛然と長次に突き掛かった。
長次は、身軽に躱して平吉の匕首を握る腕を十手で打ち据えた。
平吉は、匕首を落とし、打ち据えられた腕を押さえて身を翻した。
長次は、逃げようとした平吉を捕まえ、十手で殴り飛ばした。
平吉は、気を失って草むらに倒れ込んだ。
「妙海……」
長次は、妙海に向き直り、迫った
妙海は、空き地の間の道を後退りし、水戸藩江戸上屋敷の方に逃げた。

権兵衛が空き地の草の茂みから現れ、妙海の前に立ちはだかった。

妙海は立ち竦《すく》んだ。

「妙海……」

権兵衛は、冷ややかに見据えた。

「金ならやる。幾らでもやる……」

妙海は、腰に巻いた包みから小判を取り出した。

小判は煌《きら》めいた。

「だから、助けてくれ……」

妙海は、肉付きの良い顔を醜く歪《ゆが》め、嗄れ声を必死に震わせた。

「人徳者を装う外道の生臭坊主か……」

権兵衛は冷笑した。

「助けてくれ……」

妙海は、肥った身体を震わせ、涙と鼻水を流し、小判を差し出して哀願した。

醜い悪党……。

権兵衛は、刀を横薙《よこな》ぎに一閃《いっせん》した。

閃《ひらめ》きが瞬いた。

妙海は、小さく呻《うめ》いて立ち尽くした。

差し出した小判は、煌めきながら音を立てて落ちた。

権兵衛は、刀を鋭く一振りした。

鋒から血が飛んだ。

妙海は、首の血脈から血を飛ばして絶命し、ゆっくりと仰向《あおむ》けに倒れた。

権兵衛は、刀を鞘《さや》に納めた。

「権兵衛の旦那《だんな》……」

長次は、倒れている妙海に駆け寄った。

権兵衛は見守った。

「死んでいます」

長次は、妙海の死を見届けた。

「うむ。長次、平吉はどうした」

「殴り倒してあります」

長次は、空き地の間の道の入り口を示した。

「よし……」

権兵衛は、入り口に向かった。

長次は続いた。

気絶している筈《はず》の平吉はいなかった。

「野郎……」

長次は焦り、辺りに平吉を捜した。

だが、平吉は何処にもいなかった。

「どうやら、気を取り戻して逃げたようだな」

権兵衛は苦笑した。

「申し訳ありません。権兵衛の旦那……」

長次は詫《わ》びた。

「いや。逃げる妙海を追ったのだ。仕方がない……」

権兵衛は、長次を慰めた。

「畏《おそ》れ入ります」

「よし。長次、此《こ》の事を秋山さまに報《しら》せてくれ」

権兵衛は命じた。

「心得ました。じゃあ……」

長次は、南町奉行所吟味方与力の秋山久蔵の許《もと》に走った。

権兵衛は、佇《たたず》んで吐息を洩らした。

血の臭いが微《かす》かに漂った。

風が吹き抜けて血の臭いを飛ばし、権兵衛の解《ほつ》れ毛を揺らした。


南町奉行所吟味方与力秋山久蔵は、金貸し藤兵衛の家を調べた。そして、寺社奉《じしゃぶ》行《ぎょう》と一緒に香済寺を詳しく検《あらた》めた。

香済寺から数十枚の借用証文が発見された。

それは、住職妙海が金貸し藤兵衛の金主の破戒僧だと云う証《あかし》だった。そして、藤兵衛の家には返済期限の書き換えられた偽物の借用証文が幾枚かあった。

久蔵は、死んだ妙海、藤兵衛、村井新八郎、千吉、幸助を騙《かた》りの一味と断じ、逃げた平吉をお尋ね者にした。

寺社奉行は、妙海の僧籍を剝奪《はくだつ》し、香済寺を無住の寺として山門を閉じ、監視下に置いた。

残るは数十枚の借用証文の始末だった。

此奴《こいつ》が一番面倒だ……。

返済期日に利息なしで借りた金だけを返させるか……。

久蔵の思案は続いた。


神田川の流れは煌めいた。

名無しの権兵衛は、神田川に架かっている昌平橋の袂《たもと》に佇み、八つ小路を行き交う多くの人を眺めた。

お尋ね者になった寺男の平吉は、行方を晦《くら》ましたままだった。

何処に潜んでいるのか……。

権兵衛は、神田明神に行く事に決めて明神下の通りに向かった。

「流さま。流権兵衛さま……」

行商の小間物屋が、品物を入れた大きな荷物を担いで駆け寄って来た。

小間物屋紅堂文七だった。

権兵衛は立ち止まった。

「流さま。いろいろお世話になりました。ありがとうございました。お礼を云おうと、捜しておりました」

文七は、深々と頭を下げて礼を述べた。

「礼には及ばぬ。私は役目を果たした迄《まで》、お前に拘《かか》わりない事だ」

権兵衛は、冷ややかに告げた。

「えっ……」

文七は戸惑った。

「では な……」

名無しの権兵衛は、困惑した面持ちの文七を残して立ち去った。

八つ小路には多くの人が行き交い、神田川の流れは煌めいた。

第二話　巻き添え

一

大川に架かっている吾妻橋を渡ると北本所《きたほんじょ》、中《なか》ノ郷瓦町《ごうかわらまち》となり、大名家江戸下屋敷と寺と町方の地が入り組んでいた。

その一角にある古寺の賭場《とば》は、盆莫蓙《ぼんござ》を囲む客たちの熱気と煙草の煙に満ちていた。

客たちは脂汗を額に滲《にじ》ませ、盆莫蓙に伏せられた壺《つぼ》を透かし見るような眼で睨《にら》み、丁半に駒札を張っていた。そして、壺が開けられる度に喜びと落胆の声を洩《も》らした。

刻《とき》が過ぎた。

客と博奕打《ばくちう》ちは疲れ、賭場に怠惰な雰囲気が漂い始めた。

眼を異様に輝かせているのは、負けが込んでいる客だけだった。

夜明けが近付いた。

「そろそろ、お開きだな……」

貸元の番場の義十《ぎじゅう》は、代貸の竜吉《たつきち》たち博奕打ちに笑い掛けた。

「はい……」

代貸の竜吉たち博奕打ちは、金箱の金を纏《まと》め始めた。

刹那《せつな》、男の怒声があがり、三下が盆茣蓙の上に突き飛ばされて倒れ込んだ。

博奕打ちたちは身構え、客たちは驚いて立ち上がった。

五人の無頼の浪人が踏み込み、立ち竦《すく》む客たちを蹴散《けち》らして義十と竜吉たち博奕打ちに襲い掛かった。

「賭場荒らしだ……」

博奕打ちが怒鳴り、無頼の浪人たちを迎え撃った。

客たちは、我先に賭場から逃げた。

無頼の浪人たちは、貸元の義十と代貸の竜吉に向かった。

怒声が飛び交い、幾つかの燭台《しょくだい》が倒れて薄暗くなった。

無頼の浪人たちは、代貸の竜吉から金箱を奪い取って蹴り飛ばした。

「野郎。取り戻せ、ぶち殺して金を取り戻せ……」

貸元の義十は怒鳴った。

竜吉たち博奕打ちは、匕首《あいくち》を抜いて無頼の浪人たちに襲い掛かった。

背の高い無頼の浪人が、抜き打ちに襲い掛かった博奕打ちを斬った。

斬られた博奕打ちは、血を振り撒《ま》いて盆茣蓙に倒れ込んだ。

竜吉たち博奕打ちは怯《ひる》んだ。

「やるか……」

背の高い無頼の浪人は嘲笑《あざわら》い、血に濡《ぬ》れた刀を横薙《よこな》ぎに一閃《いっせん》した。

刀を濡らしていた血が、代貸の竜吉たち博奕打ちに飛んだ。

竜吉たち博奕打ちは凍《い》て付き、立ち竦んだ。

「じゃあ、義十、またな……」

背の高い無頼の浪人は、貸元の義十に笑い掛けて金箱を抱えた浪人を促した。

無頼の浪人たちは頷《うなず》き、金箱を護《まも》って戸口から出て行った。

背の高い無頼の浪人は、怒りに震えている義十に嘲笑《ちょうしょう》を浴びせて立ち去った。

「貸元……」

「竜吉、奴らの塒《ねぐら》を突き止めろ」

義十は、嗄《しわが》れ声を怒りに震わせて命じた。

「はい。おい、奴らの後を追え……」

竜吉は、二人の博奕打ちに命じた。

「へい……」

二人の博奕打ちが出て行った。

「野郎、必ず殺してやる……」

義十は、怒りに震えた。

刹那、戸口の外から悲鳴が上がった。

義十と竜吉たち博奕打ちは、戸口に急いだ。

戸口の外には、二人の博奕打ちが斬り倒され、背の高い無頼の浪人が立ち去って行くのが見えた。

「か、貸元……」

竜吉は声を震わせた。

「あ、ああ……」

貸元の番場の義十は、強張《こわば》った面持ちで声を引き攣《つ》らせた。

夜が明け、東の空に陽が昇り始めた。

本所回向院《えこういん》は、大川に架かっている両国橋を下りて東に進んだ処にあり、境内には墓参りの者や散策する近所の年寄り、遊ぶ幼子たちがいた。

境内の隅から男の怒声が上がった。

「三下。どうして俺たちを尾行《つけ》る」

二人の無頼の浪人は、二人の博奕打ちに激しく詰め寄っていた。

境内にいる者たちは、遠巻きにして恐ろしげに見守った。

「煩《うる》せえ。尾行てなんていねえ」

博奕打ちは怒鳴った。

「おのれ、三下……」

髭面《ひげづら》の浪人は、刀を抜いて博奕打ちに斬り付けた。

「危ねえ、寅吉《とらきち》の兄貴……」

「此《こ》の食詰め……」

博奕打ちの寅吉は躱《かわ》し、匕首を抜いて髭面の浪人に襲い掛かった。

無頼の浪人たちと博奕打ちたちは、刀と匕首を振り廻《まわ》し、境内を動き廻って殺し合いを始めた。そして、恐ろしげに見ていた人々を巻き込んだ。

逃げ遅れた老爺《ろうや》が倒れた。

無頼の浪人と博奕打ちたちは、手傷を負って血塗れになり、腰を引いて殺し合った。

呼子笛を鳴り響かせ、同心と岡っ引たちが駆け付けて来た。

無頼の浪人と博奕打ちたちは、慌てて境内から逃げた。

同心は、岡っ引に無頼の浪人たちを追わせ、倒れている老爺の許《もと》に駆け付けた。

「おい。大丈夫か……」

同心は、老爺を助け起こそうとした。

老爺は息絶えていた。

「お祖父《じい》ちゃん……」
十四、五歳の質素な形《なり》の町娘が、血相を変えて駆け寄って来た。
「お祖父ちゃん、大丈夫、お祖父ちゃん……」

娘は、倒れている老爺を揺り動かした。

同心は、娘の手を押さえて首を横に振った。

「お祖父ちゃん……」

娘は、死んだ老爺に縋《すが》って泣いた。


博奕打《ばくちう》ちの貸元番場の義十の家は、南本所の番場町《ばんばちよう》にあった。

名無しの権兵衛は、大川沿いの道から来て貸元番場の義十の家を眺めた。

番場の義十の家は腰高障子を開け、土間の長押《なげし》に並ぶ〝丸十〟と書かれた提灯《ちようちん》を見せていた。そして、二人の三下が現れ、辺りを窺《うかが》いながら家の前の掃除を始めた。

「旦那《だんな》……」

岡っ引の長次が、権兵衛の背後に現れた。

「掃除をしながら見張りですか……」

長次は、辺りを窺いながら掃除をする二人の三下を眺めた。

「ああ。博奕打ちの貸元番場の義十か……」

「はい。北本所一帯に二つの賭場《とば》を持ち、此の前、無頼の浪人共に襲われた古寺の賭場はその一つです」

長次は告げた。

「じゃあ、残る賭場も無頼の浪人共に狙われているのか……」

「さあ。賭場荒らしがあって以来、残る義十の賭場には客が集まらず、開帳出来ないままだとか……」

「そいつは義十も大変だな」

権兵衛は苦笑した。

「ええ。飯の食い上げですからね……」

二人の博奕打ちがやって来て、掃除をしていた三下と一緒に義十の家に入って行った。

「で、義十、手下の博奕打ちたちに賭場を荒らした無頼の浪人共を捜させているそうです」

「賭場荒らしの浪人共を捜して恨みを晴らさない限り、客は集まらず、賭場も開帳出来ないか……」

権兵衛は読んだ。

「ええ……」

長次は頷いた。

「して、無頼の浪人共は……」

「未《ま》だ……」

「そうか……」

権兵衛は頷いた。
十四、五歳の前掛けをした質素な形の娘が現れ、番場の義十の家を窺った。
「旦那……」

長次は、戸惑いを浮かべた。

「うむ……」
十四、五歳の娘は、義十の家の土間を覗《のぞ》き、窺った。そして、不意に傍を離れた。
「待ちな……」

三下が現れ、娘を呼び止めた。

娘は、立ち止まらずに足早に立ち去った。

「待てと云ってんだろう」

三下は、娘を追った。

「旦那……」

長次は眉《まゆ》をひそめた。

「うむ。此処《ここ》を頼む」

権兵衛は、長次に見張りを任せて娘と三下を追った。

娘は、足早に大川沿いの道に向かった。

「待てよ……」

三下は、娘に追い縋り、その腕を摑《つか》んだ。

「離して……」

娘は、三下の手を振り払った。

「手前《てめえ》……」

三下は、娘を平手打ちにした。

娘は、倒れながらも三下を睨《にら》み付けた。

「一緒に来い」

三下は、娘を義十の家に連れて行こうとした。

「離せ、離して……」

娘は、必死の面持ちで抗《あらが》った。

次の瞬間、権兵衛が娘を摑む三下の腕を捻《ひね》り上げた。

三下は、激痛に顔を醜く歪《ゆが》めて仰《の》け反った。

「お前、名は……」

権兵衛は、冷たく見据えた。

「せ、清六《せいろく》……」

三下は、声を震わせた。

「清六、次はこの腕がなくなると思え」

権兵衛は、三下の清六を殴り飛ばした。

清六は倒れ込み、土埃《つちぼこり》を巻き上げた。


大川には様々な船が行き交っていた。

「ありがとうございました」

娘は、権兵衛に頭を下げた。

「礼には及ばぬが、博奕打ちと何か揉《も》めているのか……」

「彼奴《あいつ》らと浪人たちが回向院で喧嘩《けんか》をして祖父ちゃんが巻き添えで殺されたんです」

娘は悔しげに告げた。

権兵衛は、伝え聞いた回向院での出来事を思い出した。

「そうか……」

「それで、貸元の番場の義十に謝って貰《もら》いたくて……」

娘は、哀しげに大川を見詰めた。

川風が吹き抜け、娘の襟足の解《ほっ》れ毛を不安げに揺らした。

「そなた、名は何と申す」

「ふみです」

「おふみちゃんか……」

「お侍さまは……」

「私か、私は権兵衛、流権兵衛だ」

権兵衛は、大川の流れに眩《まぶ》しげに眼を細めて告げた。

「流権兵衛さま……」

「うむ。おふみちゃん、家は何処だ。送るぞ」

「ありがとうございます。家は松坂町《まつざかちょう》のお地蔵《じぞう》長屋ですが、大丈夫です」

おふみは気丈に云い、権兵衛に深々と頭を下げて大川沿いの道を両国橋の方に向かった。

権兵衛は見送った。

おふみは、川風に吹かれながらもしっかりとした足取りで帰って行った。

哀れな……。

十四、五歳のおふみは、祖父を殺された恨みを抱えて生きている。
権兵衛は、おふみに哀れを覚えずにはいられなかった。
三下が頬を押さえ、着物を汚して番場の義十の家に戻って来た。
旦那《だんな》に痛め付けられたか……。
長次は苦笑した。
僅《わず》かな刻《とき》が過ぎた。
博奕打《ばくちう》ちが、番場の義十の家に駆け込んだ。
何かあった……。
長次は読み、緊張した。
数人の博奕打ちが番場の義十の家から現れ、横川《よこかわ》の方に走り出した。
よし……。
長次は追った。
博奕打ちたちは、荒井町《あらいちょう》を抜けて北割下水《きたわりげすい》沿いを東に進んだ。
長次は追った。

北割下水沿いの道から横川。

博奕打ちたちは急いだ。

横川は、深川《ふかがわ》木置場から東西に流れる仙台《せんだい》堀、小名木川《おなぎがわ》、竪川《たてかわ》を南北に横切り、小梅瓦町《こうめかわらまち》で西に曲がり、隅田川に架かる吾妻橋の上流に続いている。

博奕打ちたちは、横川沿いの道を法恩寺橋《ほうおんじばし》に向かった。そして、法恩寺橋の西詰に一人の博奕打ちがいた。

「伊助《いすけ》。どうだ……」

やって来た博奕打ちの兄貴分は、法恩寺橋の袂《たもと》に佇《たたず》んでいた博奕打ちに尋ねた。

「寅吉の兄貴。野郎、未《ま》だ一膳飯屋《いちぜんめしや》に……」

伊助と呼ばれた博奕打ちは、法恩寺橋の袂にある一膳飯屋を示した。

「そうか。で、賭場《とば》荒らしの浪人共の一人に違いねえんだな」

寅吉は念を押した。

「はい……」

伊助は、喉《のど》を鳴らして頷《うなず》いた。

「よし。俺と伊助で連れ出して来る。みんなは此処で待っていろ」

寅吉は、三人の博奕打ちを残し、伊助を従えて一膳飯屋に向かった。

何をする気だ……。

長次は、物陰から見守った。


「いらっしゃい……」

一膳飯屋の亭主は、入って来た寅吉と伊助を迎えた。

「伊助、あの浪人か……」

寅吉は、店の隅で酒を飲んでいる中年の浪人を示した。

「ええ……」

伊助は頷いた。

「よし。親父、あの浪人、何て名前だ」

寅吉は、一膳飯屋の亭主に尋ねた。

「確か松川半蔵《まつかわはんぞう》だったかな」

「忝《かたじけ》ねえ。伊助……」

寅吉は、伊助を促して酒を飲んでいる松川半蔵の許《もと》に進んだ。

松川半蔵は、寅吉と伊助を見て驚き、立ち上がろうとした。

「動くんじゃあねえ……」

寅吉は、松川半蔵の腹に匕首《あいくち》を突き付けた。

松川は、息を飲んだ。

「下手な真似をすると、容赦はしねえ」

寅吉は囁《ささや》いた。

「俺に用か……」

松川半蔵は、声を引き攣《つ》らせた。

「大人しく付き合って貰うぜ。立て……」

寅吉は、嘲笑《ちょうしょう》を浮かべた。

寅吉と伊助が、一膳飯屋から松川半蔵を連れて出て来た。

待っていた三人の博奕打ちが駆け寄った。

浪人……。

長次は眉《まゆ》をひそめた。

賭場荒らしの無頼浪人の一人なのか……。

長次は読んだ。

「よし。博奕の借金の形に取った甘味処だ」

寅吉は命じた。

伊助たち博奕打ちは、浪人に匕首を突き付けて裏通りに進んだ。

長次は追った。


裏通りには潰《つぶ》れた甘味処があった。

寅吉と伊助たち博奕打ちたちは、無頼浪人の松川半蔵を潰れた甘味処に連れ込んだ。

長次は見届け、裏手に廻《まわ》った。


松川半蔵は、大小を奪われて店の土間に引き据えられた。

店の土間は薄暗く、蜘蛛《くも》の巣が張り、土埃《つちぼこり》が溜《た》まっていた。

「松川半蔵、手前《てめえ》、番場の貸元の賭場を仲間と荒らし、上がりを奪ったな」

寅吉は、松川半蔵を見据えた。

「し、知らぬ……」

松川は、声を引き攣らせて惚《とぼ》けた。

「惚けるんじゃあねえ」

寅吉は、松川を蹴《け》り倒した。

松川は、呻《うめ》きを洩《も》らして仰《あお》向《む》けに倒れた。

「此《こ》の野郎……」

伊助たち博奕打ちが、倒れた松川を一斉に蹴り飛ばした。

松川は悲鳴を上げ、頭を抱えて身を縮めた。

伊助たち博奕打ちは、松川を容赦なく痛め付けた。

長次は、裏から忍び込み、居間と店の戸口に潜んで浪人を痛め付ける寅吉たち博奕打ちを見守った。

「おう。伊助、殺しちゃあならねえぞ」

寅吉は、嘲笑を浮かべて伊助たちを止めた。

伊助たちは、松川から離れた。

松川は、鼻、口元、目尻《めじり》から血を流してぐったりとしていた。

「松川、お前、この前、番場の義十の貸元の賭場を荒らしたな」

寅吉は、松川の髷《まげ》を摑《つか》んで引き起こした。

「ああ……」

松川は、苦しく頷いた。

「そうか、やっぱりな。で、松川半蔵、仲間の浪人共は誰だ……」

寅吉は訊《き》いた。

「か、片平源十郎《かたひらげんじゅうろう》……」

松川は、嗄《しわが》れ声で告げた。

「片平源十郎、他には……」

「山岡伝内《やまおかでんない》……」

「賭場荒らしは五人。残る二人は誰だ」

「し、知らぬ……」

「知らぬだと、惚けるんじゃあねえ」

寅吉は、松川の頬を殴った。

松川は、血を飛ばして倒れた。

「ほ、本当だ。俺は片平に呼ばれて行っただけだ。そうしたら、知らねえ二人がいた」

松川は、咳《せ》き込んで血を吐いた。

「寅吉の兄貴……」

伊助は眉をひそめた。

「ああ。じゃあ、松川、片平源十郎と山岡伝内は何処にいる」

「み、弥勒寺橋《みろくじばし》の向こうの北森下町《きたもりしたちょう》にある剣術道場……」

「北森下町の剣術道場だと……」

寅吉は眉をひそめた。

北森下町の剣術道場にいる片平源十郎と山岡伝内……。

長次は、甘味処を忍び出た。

二

長次は、番場町に駆け戻り、貸元義十の家の斜《はす》向いの路地に入った。

路地には権兵衛がいた。

「良かった……」

長次は、権兵衛がいたのに安堵《あんど》した。

「何か分かったか……」

「はい。寅吉って博奕《ばくち》打ちたちが、松川半蔵と云う賭場《とば》荒らしの浪人の一人を押さえましてね。責め上げて、仲間の浪人の名前と居場所を吐かせました」

長次は報《しら》せた。

伊助が走って来て、貸元義十の家に駆け込んだ。

「よし、浪人共の名は道すがら聞く。居場所は何処だ」

権兵衛は決めた。

「弥勒寺橋を渡った北森下町の剣術道場です」

「行こう……」

権兵衛と長次は、本所竪川二《ふた》つ目之橋《めのはし》に向かった。

本所竪川は、大川に架かっている両国橋の東詰から中川《なかがわ》を結び、多くの荷船が行き交っていた。

竪川に架かっている二つ目之橋を渡ると林町《はやしちょう》一丁目になり、萬徳山《まんとくざん》弥勒寺の前に出る。

弥勒寺脇の五間堀《ごけんぼり》には弥勒寺橋が架かっており、渡ると北森下町となる。

片平源十郎、山岡伝内、松川半蔵……。

権兵衛は、長次から浪人共の名を聞きながら、公儀御竹蔵《おたけぐら》裏の通りを急ぎ、竪川に架かる二つ目之橋に向かった。

「で、旦那《だんな》。あの娘、どうしました……」

長次は尋ねた。

「うん。おふみと云ってな。回向院での博奕打ちと浪人の争いで巻き添えで死んだ年寄りの孫だった……」

「巻き添えで死んだ年寄りの孫……」

長次は眉《まゆ》をひそめた。

「ああ……」

権兵衛は、おふみが番場の義十と浪人たちを恨んでいる事を教えた。

「気の毒に……」

長次は、おふみに同情した。

権兵衛と長次は、竪川に架かっている二つ目之橋を渡り、萬徳山弥勒寺の前を抜けて弥勒寺橋に進んだ。

権兵衛と長次は、北森下町の木戸番を訪れて浪人たちの屯《たむろ》する剣術道場の場所を尋ねた。

「ああ。それなら五間堀と六間堀《ろっけんぼり》が繋《つな》がる処にある剣術道場だと思いますよ」

木戸番は告げた。

権兵衛と長次は、木戸番に礼を云って五間堀と六間堀の繋がる処、北森下町の外れに急いだ。


北森下町の外れに古い剣術道場はあった。

「あそこですね……」

長次は、古い剣術道場を示した。

「ああ……」

権兵衛は頷《うなず》き、古い剣術道場を眺めた。

古い剣術道場には、『直心影流《じきしんかげりゅう》・神山《かみやま》道場』と書かれた看板が掛かっていた。

「直心影流、神山道場か……」

権兵衛は、看板を読んだ。

「どんな剣術道場か聞き込んで来ますか……」

「そうしてくれ。俺は様子を覗《のぞ》いてみる」

「承知。じゃあ……」

長次は、五間堀沿いに並ぶ店に走った。

よし……。

権兵衛は、直心影流神山道場に向かった。


直心影流の神山道場は木刀や竹刀の打ち合う音も聞こえず、周囲は満足な掃除もされていなかった。

権兵衛は、武者窓から道場の中を窺《うかが》った。

道場は薄暗く、微《かす》かに酒の臭いがした。

そして、背後に忍び寄る人の気配を感じて振り返った。

「何だ、手前《てめえ》……」

大柄な浪人が摑《つか》み掛かって来た。

権兵衛は、素早く躱《かわ》して大柄な浪人を蹴《け》り飛ばした。

大柄な浪人は道場の板壁にぶつかり、派手な音を立てて倒れた。

「神山道場の者か……」

権兵衛は尋ねた。

「え、いや、違う。俺は時々、遊びに来るだけの者だ……」

大柄な浪人は、板壁に縋《すが》って立ち上がった。

「何の騒ぎだ」

背の高い浪人と髭面《ひげづら》の浪人が、神山道場から出て来た。

「か、片平さん……」

大柄な浪人は、背の高い浪人の陰に入った。

片平源十郎……。

権兵衛は、背の高い浪人が片平源十郎だと知った。

「おぬしは……」

片平は、権兵衛を鋭く見据えた。

「流権兵衛、おぬしが片平源十郎か……」

権兵衛は笑い掛けた。

「流権兵衛……」

片平は、己の名を知っている権兵衛に眉をひそめた。

「ああ……」

「何用だ……」

片平は、権兵衛に警戒する眼を向けた。

「番場の義十一家の事で、ちょいとな……」

「番場の義十だと……」

「ああ……」

権兵衛は、笑みを浮かべて頷いた。

「よし。中で聞こう」

片平は、権兵衛に道場に入れと促した。

「そいつは構わぬが、見張りを立てて置くのだな」

「桑原《くわばら》、お前、見張ってろ……」

片平は、大柄な浪人に命じた。

「こ、心得た」

大柄な浪人の桑原は頷き、道場の玄関脇の縁台に腰掛けた。

片平は、権兵衛を誘《いざな》って道場に入った。

髭面の浪人が続いた。

薄暗い道場の中には酒の臭いが漂っていた。

「ま、座ってくれ。山岡、酒を持って来い」

片平は、髭面の浪人に命じた。

「おう……」

髭面の浪人は、台所に立った。

山岡伝内……。

権兵衛は、髭面の浪人が山岡伝内だと見定めた。

「して、番場の義十がどうしたのだ……」

片平は、権兵衛に探る眼を向けた。

「一両だ……」

権兵衛は、片平に手を差し出した。

「一両……」

「それだけの値の付く報《しら》せだ」

権兵衛は、片平を見詰めた。

「いいだろう……」

片平は、権兵衛に一両小判を渡した。

「確かに……」

権兵衛は、一両小判を懐に入れた。

「で、報せとは……」

「うむ。松川半蔵が義十の手下の博奕打《ばくちう》ちに捕らえられ、何もかも吐いた」

権兵衛は、嘲《あざけ》りを浮かべた。

「松川半蔵が……」

片平は眉をひそめた。

「ああ。片平源十郎や山岡伝内たちと義十の賭場《とば》を荒らしたとな」

権兵衛は告げた。

「待たせたな」

山岡は、盆に酒を満たした三個の湯飲み茶碗《ぢやわん》を持って来た。

「おのれ、松川。愚か者が……」

片平は、怒りを滲《にじ》ませて湯飲み茶碗の酒を飲んだ。

「松川がどうかしたのか……」

山岡は、片平に怪訝《けげん》な眼を向けた。

「あの馬鹿、博奕打ちに捕らえられ、何もかも吐いたそうだ」

片平は、松川を蔑《さげす》んだ。

「ならば、博奕打ちたちが此処《ここ》に来るのか……」

山岡は驚き、慌てた。

「その為の見張りだ」

権兵衛は、見張りの桑原を示した。

「どうする片平……」

山岡は、片平に出方を訊《き》いた。

「来た奴は叩《たた》き斬る迄《まで》だ」

片平は、嘲笑《ちょうしょう》を浮かべた。

「ま、それが良いだろうな。ならば、俺は此でな……」

権兵衛は立ち上がり、道場から出て行った。

「山岡、裏を見て来い」

片平は、冷ややかに命じた。

権兵衛は、神山道場を出た。

浪人の桑原は、縁台に腰掛けて鼾《いびき》を掻《か》いて居眠りをしていた。

権兵衛は冷笑し、神山道場から弥勒寺橋の方に向かった。

「旦那《だんな》……」

長次が、蕎麦屋《そばや》の路地に佇《たたず》んでいた。

「おう……」

権兵衛は、蕎麦屋の暖簾《のれん》を潜った。

長次は続いた。


窓の外には神山道場が見えた。

権兵衛と長次は、窓辺に座って外を見ながら蕎麦を手繰った。

「して神山道場、何か分かったか……」

「はい。道場主の神山兵衛《ひょうえ》さまが卒中で倒れて以来、師範代だった片平源十郎が取り仕切り、神山先生が亡くなった後、奥さまたち御家族を追い出し、道場を乗っ取ったそうです」

長次は告げた。

「外道だな……」

「ええ。それから食詰め浪人を集め、強請集《ゆすりたか》りを働いているとか、呆《あき》れた悪党ですぜ」

長次は吐き棄てた。

「うむ。長次……」

権兵衛は、窓の外の通りを示した。

寅吉と三人の博奕打ちが、窓の外の通りを足早に行った。

「来ましたね……」

長次は苦笑した。

「ああ……」

「どうします」

長次は、権兵衛の出方を窺《うかが》った。

「様子を見る」

「分かりました。じゃあ、お先に……」

長次は、蕎麦屋を出た。

権兵衛は、蕎麦代を払い、続いて蕎麦屋を出た。

長次は、蕎麦屋の脇の路地の入り口に佇み、神山道場を眺めていた。

寅吉たち博奕打ちは、神山道場の中を窺っていた。

「どうだ……」

権兵衛が、蕎麦屋から出て来た。

「博奕打ちたち、剣術道場に殴り込みとなると、流石に慎重ですね」

長次は、神山道場の前を彷徨《うろつ》く博奕打ちたちを眺めて笑った。

「うむ……」

権兵衛は頷《うなず》いた。

刹那《せつな》、男の悲鳴があがり、神山道場から博奕打ちが血を流して現れ、道端に倒れた。

寅吉たちは凍て付《い》いた。

「おのれ、下郎……」

片平が、抜き身を下げた山岡や桑原と神山道場から出て来た。

権兵衛と長次は、素早く蕎麦屋の路地に隠れた。

「道場を窺う不埒《ふらち》者。叩き斬ってくれる」

片平は、寅吉たちに嘲笑を浴びせた。

山岡と桑原は、刀を構えて寅吉たち博奕打ちに迫った。

寅吉たちは怯《ひる》み、後退《あとじさ》りをした。

「長次、呼子笛だ」

「はい……」

長次は、呼子笛を吹き鳴らした。

呼子笛の甲高い音が響き渡った。

山岡と桑原は狼狽《うろた》えた。

寅吉たち博奕打ちは、山岡と桑原が狼狽えた隙に逃げた。

「おのれ、待て……」

山岡と桑原は、追い掛けようとした。

「退《ひ》け……」

片平は短く告げ、神山道場に戻った。

山岡と桑原は、刀を鞘《さや》に納めて片平に続いて神山道場に戻って行った。

「片平源十郎、此《こ》のまま大人しくしていますかね」

長次は、神山道場を眺めた。

「そいつは、番場の義十も同じだ」

権兵衛は苦笑した。

「さあて、どうします」

「嚙《か》み合わせる迄だ。長次は片平源十郎を見張っていてくれ。此奴《こいつ》は軍資金だ」

権兵衛は、片平から受け取った一両小判を長次に渡した。

「旦那、此奴は大金だ……」

長次は、渡された一両小判に困惑した。

「心配するな。片平から貰《もら》った金だ。俺は番場の義十を煽《あお》って来る」

権兵衛は、冷笑を浮かべた。

博奕《ばくち》打ちの貸元番場の義十の家は、博奕打ちたちが慌ただしく出入りし、殺気に満ちていた。

貸元の義十は、伊助の報《しら》せを受けて殴り込みの人数を集めていた。そこに、寅吉たちが痛め付けられて戻って来たのだ。

義十は熱《いき》り立っている
権兵衛は読んだ。

此のままでは大騒ぎになり、おふみの祖父のように巻き添えになる町方の者が出るかもしれない。

そいつだけは避けなければならない。

どうする……。

権兵衛は、想いを巡らせた。

戸口では、清六たち三下が助っ人に来た博奕打ちを迎えていた。

よし……。

権兵衛は、貸元番場の義十の家に向かった。


「あっ……」

三下の清六は、権兵衛を見て驚いた。

「おう。清六、義十の貸元はいるか……」

権兵衛は笑い掛けた。

「は、はい……」

清六は、戸惑った面持ちで頷いた。

「北森下町の剣術道場に屯《たむろ》している食詰め浪人共の事で報せたい事がある。義十の貸元に取り次いでくれ」

権兵衛は告げた。

「貸元に食詰め浪人共の事……」

清六は緊張した。

「ああ。報せないと、番場一家は叩《たた》き潰《つぶ》されるかもな」

権兵衛は嘲笑《ちょうしょう》した。

「ち、ちょいとお待ちを……」

清六は、奥に入って行った。


義十の家の中は、長脇差《ながわきざし》や竹槍《たけやり》などが用意され、助っ人に来た博奕打ちたちが酒を飲んでいた。

権兵衛は、清六に誘《いざな》われて座敷に通された。

周囲から、博奕打ちの威勢の良い話し声と笑い声が聞こえていた。

「やあ。お待たせしたね」

貸元の番場の義十が、代貸の竜吉を従えて入って来た。

「うむ……」

「浪人さんは……」

義十は尋ねた。

「俺は流権兵衛。貸元の義十か……」

権兵衛は笑った。

「ええ……」

義十は頷いた。

「そっちは……」

「代貸の竜吉で……」

竜吉は、上目遣いに権兵衛を窺った。

「で、流の権兵衛さん、食詰めの浪人たちの事で報せたいって事は……」

義十は、権兵衛に油断のない眼を向けた。

「うむ。賭場《とば》荒らしの片平源十郎と山岡伝内、賭場を荒らした金で食詰め浪人を雇い、お前たちの殴り込みを待ち構えている」

権兵衛は告げた。

「汚ねえ外道が……」

義十は吐き棄てた。

「それに何と云っても相手は剣術遣いだ。下手な殴り込みは命取り……」

権兵衛は脅した。

「食詰めが……」

義十は苛立《いらだ》った。

「そこでだ義十、殴り込みなど大袈裟《おおげさ》な事はせず、夜討ち、寝込みを襲ってはどうだ」

権兵衛は勧めた。

「夜討ち……」

義十は眉《まゆ》をひそめた。

「うむ。何なら、俺が手引きをしてやっても良いぞ」

権兵衛は笑った。

「貸元……」

竜吉は眉をひそめた。

「う、うん。権兵衛さん、お前さん……」

義十は、戸惑いを過《よぎ》らせた。

「金だよ、金。金を頂ければ何でもする」

権兵衛は、己を嘲笑《あざわら》った。

「幾らだい……」

義十は、狡猾《こうかつ》な笑みを浮かべた。

「五両だ……」

「ああ……」

「良いだろう。で、夜討ちはいつやる」

義十は、身を乗り出した。

「今、素性を知られた片平たちは、お前たちの殴り込みを待ち構えている。だから、熱《ほとぼ》りを冷ましてからだ」

「熱りを冷ましてから……」

義十は眉をひそめた。

「ああ。熱りを冷まし、片平たちが油断した時、夜討ちを掛けて一気に葬る」

権兵衛は告げた。

「竜吉、どう思う……」

「権兵衛さんの云う通り、今は浪人共も身構えている筈《はず》。そいつを遣《や》り過ごし、油断した処に夜討ちを掛けるのが一番かと……」

竜吉は頷《うなず》いた。

「うん。よし、権兵衛さん、浪人共の動きを探ってくれ。此奴《こいつ》は手付金の二両だ。後の三両は夜討ちが上手《うま》く行ってからだ」

義十は、権兵衛に小判を二枚差し出した。

「心得た」

権兵衛は、笑みを浮かべて二枚の小判を受け取った。

「よし。竜吉、駆け付けてくれた助っ人の皆に祝儀を渡して引き取って貰《もら》え」

義十は命じた。

「はい……」

竜吉は、座敷から出て行った。

義十は、煙草を燻《くゆ》らせ始めた。

番場の義十に殴り込みを思い止《とど》まらせた。

権兵衛は、小さな吐息を洩《も》らした。

三

日が暮れた。

北森下町の剣術道場は浪人共の出入りも途絶え、男たちの笑い声が洩れていた。

長次は、斜向《はす》いの蕎麦屋《そばや》の脇の路地から見張っていた。

「変わりはないか……」

権兵衛が現れた。

「ええ。片平源十郎、山岡伝内、桑原金之助《きんのすけ》の他に浪人が五人、酒を飲んでいますぜ」

長次は報《しら》せた。

「都合八人か……」

「ええ。で、義十たち博奕打《ばくちう》ちの殴り込みはどうなりました」

「殴り込みは、熱りを冷ましてからの夜討ちで思い止まらせた」

権兵衛は苦笑した。

「夜討ち……」

長次は眉をひそめた。

「ああ。して、こっちをどうするかだ……」

権兵衛は、明かりの灯《とも》されている剣術道場を眺めた。

道場には幾つかの燭台《しょくだい》に火が灯され、片平、山岡、桑原、五人の浪人たちは酒を飲んでいた。

「ま、所詮《しょせん》は博奕打ち、何人で殴り込みを掛けて来ようが、返り討ちにする迄《まで》だ」

山岡は、酒を飲みながら云い放った。

「ああ……」

桑原と五人の浪人たちは頷いた。

片平は、薄笑いを浮かべて酒を飲んでいた。

台所で物音がした。

「何だ……」

山岡は、暗い台所を見詰めた。

「鼠でも出たのだろう」

桑原は、酒を飲んだ。

「そうかな……」

片平は眉をひそめた。

「よし、俺が見て来よう」

小柄な浪人が立ち上がり、暗い台所に向かった。
小柄な浪人は、暗い台所を見廻《みまわ》した。
勝手口の板戸は閉められ、変わった様子はなかった。
小柄な浪人は見定め、道場に戻ろうとした。
格子窓の外に何かが動いた。
小柄な浪人は眉をひそめ、窓の外を覗《のぞ》いた。
窓の外は青白い月明かりに照らされ、小さな音がした。
小柄な浪人は、勝手口の板戸を開けて外に出た。
外に出た小柄な浪人は、小さな音がした方に進み、板壁の角を曲がった。
刹那《せつな》、暗がりに潜んでいた権兵衛が飛び掛かり、小柄な浪人の鳩尾《みぞおち》に拳《こぶし》を叩《たた》き込んだ。
小柄な浪人は、短く呻《うめ》き、気を失って崩れた。
長次が現れ、権兵衛と気絶した小柄な浪人を表に運んだ。

五間堀の流れは緩やかだった。

権兵衛と長次は、気絶している小柄な浪人に捕り縄を打ち、五間堀に繫《つな》いだ猪牙《ちょき》舟《ぶね》に乗せた。

「じゃあ長次、此奴を南茅場町《みなみかやばちょう》の大番屋に放り込んで来てくれ」

権兵衛は囁《ささや》いた。

「心得ました。じゃあ……」

長次は、気絶している小柄な浪人を乗せた猪牙舟を岸辺から離し、六間堀に進んだ。

六間堀から本所竪川、竪川から大川、そして大川の三《み》ツ俣《また》から日本橋川に進むと、南茅場町の大番屋がある。

長次は、気絶している小柄な浪人を乗せた猪牙舟の櫓《ろ》を軋《きし》ませた。

権兵衛は見送った。


「小林はどうした……」

片平は、暗い台所を眺めた。

「うん。ちょいと見てくるか……」

桑原は、酒の入った湯飲み茶碗《ちゃわん》を置いて座を立った。

「邪魔するぞ」

権兵衛が、道場に入って来た。

「流権兵衛か……」

片平は眉《まゆ》をひそめた。

「うむ。今、裏から小柄な浪人が出て行ったが、何かあったのか……」

権兵衛は、そう云いながら空いている座に座った。

「小柄な浪人……」

片平は眉をひそめた。

「ああ。桑原、酒を貰おうか……」

「う、うむ……」

桑原は、湯飲み茶碗に酒を満たして権兵衛に差し出した。

「そうか。小柄な浪人が出て行ったか……」

片平は念を押した。

「ああ……」

権兵衛は頷《うなず》き、酒を飲んだ。

「小林、臆病風《おくびょうかぜ》に吹かれたか……」

山岡は、嘲《あざけ》りを浮かべた。

「うむ。流、おぬしの報せ通り、あれから博奕打ちがやって来た」

片平は、権兵衛を見詰めた。

「そうか。して、どうした……」

「痛め付けて追い返した」

「で、殴り込みに備えているのか……」

権兵衛は、山岡伝内と桑原金之助、他の四人の浪人を見廻した。

「ああ。相手は狡猾《こうかつ》な外道、いつ殴り込みを掛けて来るか分からぬからな」

片平は苦笑した。

「うむ。番場の義十も助っ人を集めている」

「助っ人か……」

「ああ。二十人ぐらい集まっているようだ」

「博奕打ちが何人集まろうが、所詮は金が目当ての烏合《うごう》の衆だ。貸元の義十の素っ首を獲れば済む事だ」

片平は嘲笑《ちょうしょう》した。

「金目当ての烏合の衆か……」

それは、片平の許《もと》に集まっている浪人たちも同じだ。

権兵衛は苦笑した。

「して流、義十はいつ殴り込みを掛けて来る気だ」

片平は、権兵衛に尋ねた。

「さあて、明日《あした》か、明後日《あさって》か。そいつは未《ま》だ分からぬ」

権兵衛は酒を飲んだ。

「分からぬか……」

「ああ。分からぬが、相手は博奕打ちだ。真っ当な殴り込みとは限らない」

「真っ当な殴り込みとは限らないだと……」

片平は眉をひそめた。

「ああ。夜の殴り込みってのもある」

権兵衛は笑った。

「夜の殴り込みか……」

「ああ……」

「よし。流、明日の夜、此処《ここ》には俺と山岡の二人だけだ」

片平は告げた。

「で、桑原と他の者は隠れて待つか……」

権兵衛は、片平の腹の内を読んだ。

「さあて、そいつはどうかな……」

片平は、狡猾な笑みを浮かべた。

「分かった。番場の義十が乗るかどうかは分からぬが、伝えて金を貰《もら》うか……」

権兵衛は苦笑した。

「分け前を忘れるな」

片平は笑った。

「おぬしが生きていればな……」

権兵衛は、湯飲み茶碗の酒を飲んだ。

燭台《しょくだい》の火は瞬いた。


貸元番場の義十は、助っ人に駆け付けた博奕《ばくち》打ちたちを帰し、身内だけで護《まも》りを固めていた。

権兵衛は、義十の家を訪れた。

義十は、権兵衛を居間に通した。

「で、権兵衛さん、食詰め浪人共はどうしています」

義十は、長火鉢の上に身を乗り出した。

「うむ。相手は高が博奕打ちと、警戒を解いたようだ」

「じゃあ、夜は……」

「山内と申す髭面《ひげづら》の浪人と二人だけだ」

権兵衛は告げた。

「二人。そいつは良い」

義十は喜んだ。

「だが、他の浪人共が周囲の何処かに潜んでいるかもしれぬぞ」

権兵衛は読んで見せた。

「権兵衛さん。あっしたち博奕打ちは丁半どちらかに賭《か》けるのが生業《なりわい》。一か八か、先ずは今夜に賭けてみますぜ」

義十は、博奕打ちらしい度胸を見せた。

「そうか。ならば、お前たちが殴り込む前に俺が辺りを調べてみるか……」

権兵衛は告げた。

「権兵衛さん、そいつも後金三両の内ですぜ」

義十は、権兵衛を見据えた。

「心得た……」

権兵衛は笑った。


今夜、番場の義十たち博奕打ちは、片平源十郎たち賭場《とば》荒らしの浪人たちのいる剣術道場に殴り込む。

権兵衛は、片平に報《しら》せた。

「よし……」

片平は、桑原と四人の浪人を剣術道場の裏の納屋に潜ませ、山岡と二人で義十たち博奕打ちの殴り込みに備える事にした。

権兵衛は片平の備えを番場の義十に報せた。

番場の義十は、自分と寅吉や伊助たち十人の博奕打ちと剣術道場に殴り込み、桑原たち五人の浪人の潜む納屋を代貸の竜吉たちに襲わせる事にした。

権兵衛は、貸元番場の義十の家を出た。

斜向《はす》いの路地に素早く隠れる人影があった。

権兵衛は気が付いた。

片平源十郎の手の者か……。

権兵衛は、何気ない様子で斜向いの路地に近付いた。

路地に隠れた人影は動かなかった。

権兵衛は、素早く人影の隠れた路地に踏み込んだ。

おふみは驚き、慌てて路地の奥に逃げ込もうとした。

「おふみ……」

権兵衛は、素早くおふみを捕まえた。

おふみは、番場の義十一家の博奕打ちと片平源十郎の仲間の浪人の喧嘩《けんか》に巻き込まれて死んだ年寄りの孫だった。

「離して、離して下さい」

おふみは抗《あらが》った。

「良いから一緒に来るんだ」

権兵衛は、おふみを連れて路地の奥に進んだ。

様々な船の行き交う大川の向こうには、浅草駒形堂が眺められた。

権兵衛は、おふみを大川沿いの道に連れて来た。

おふみは、権兵衛の手を振り払い、思い詰めた顔で大川の流を見詰めた。

「離して下さい」

「おふみ、危ない真似は止《よ》せ……」

権兵衛は、穏やかに告げた。

「危なくても良いんです。祖父《じい》ちゃんの恨みを晴らせれば……」

おふみは、権兵衛を睨《にら》み付けた。

「おふみ、亡くなった祖父ちゃんは、孫のおふみが危ない眼に遭って迄《まで》も恨みを晴らして貰いたいとは、思っちゃあいないぞ」

権兵衛は、言い聞かせた。

「そんな事、分かっています。でも、此《こ》のまま放って置けますか、お上は何もしてくれない。だからって、何もしないでいられますか……」

おふみは訴えた。

「おふみ……」

「私は許せない。許せないんです。何もしないお上と、何も出来ない自分が……」

おふみは、溢《あふ》れる涙を拭《ぬぐ》いながらその場から足早に立ち去った。

権兵衛は、見送るしかなかった。


夜、五間堀の緩やかな流れに月影は揺れた。

北森下町は眠りに沈み、夜廻《よまわ》りの木戸番の打つ拍子木の音が夜空に甲高く鳴り響いた。

神山道場は、小さな明かりを灯《とも》して静寂に覆われていた。

五間堀に架かっている弥勒寺橋の袂《たもと》に十人程の男たちが集まった。

貸元の番場の義十と代貸の竜吉たち博奕打ちだった。

寅吉と伊助が、神山道場から走って来た。

「どうだ……」

「はい。片平源十郎と山岡伝内の二人がいるのは間違いないようです」

寅吉は報せた。

「よし。竜吉、昼間流権兵衛が残る五人の浪人は道場の裏の納屋に潜んでいると報せて来た。道場で騒ぎが始まり、出て来た処を企て通りに叩《たた》きのめせ」

義十は、代貸の竜吉に命じた。

「承知。おい、行くぞ」

代貸の竜吉は、六尺棒を持った博奕打ちたちを従えて神山道場の裏に廻って行った。

「よし。行くぞ、寅吉、みんな……」

義十は命じた。

「はい……」

寅吉たち博奕打ちは、喉《のど》を鳴らして頷《うなず》いて神山道場に向かった。

神山道場には小さな明かりが灯され、片平源十郎と山岡伝内が酒を飲んでいた。

「来たな……」

片平は、押し寄せる殺気を感じ、刀を握り締めた。

山岡が続いた。

刹那《せつな》、道場の戸口の板戸が蹴破《けやぶ》られ、寅吉と伊助たち博奕打《ばくちう》ちが雪崩れ込んで来た。

片平と山岡は、身構えた。

寅吉たち博奕打ちは、片平と山岡を素早く取り囲んだ。

「番場の義十一家の博奕打ちか……」

片平は身構え、嘲《あざけ》りを浮かべた。

「ああ。片平源十郎、よくも賭場を荒らして此の義十の顔に泥を塗ってくれたな。恨みを晴らしに来たぜ」

義十は、怒りに声を震わせた。

「博奕打ちの分際で、恨みを晴らせるかな」

片平は嘲笑《ちょうしょう》した。

「煩《うる》せえ」

寅吉たち博奕打ちは、片平と山岡に一斉に目潰《めつぶ》しを投げた。

目潰しは捕物道具の一つであり、金剛砂、唐辛子、砒石《ひせき》、烏頭《うとう》、生胡椒《なまこしょう》、青百足《むかで》の陰干しなど、様々な物を粉末にして混ぜ合わせ、卵の殻や丸い紙包みに入れた物だ。

山岡は、咄嗟《とっさ》に刀を抜いて目潰しを叩き落とした。

灰色の粉が舞い上がった。

だが、目潰しは一つだけではない。

片平と山岡は、幾つもの目潰しを受けた。

「お、おのれ……」

粉が舞い、片平と山岡は眼を潰されながらも刀を抜いた。

刹那、伊助と二人の博奕打ちが匕首《あいくち》を山岡に叩き込んだ。

山岡は、三方から匕首を突き刺されて大きく仰《の》け反り倒れた。

「野郎……」

博奕打ちの一人が匕首を構え、片平に突っ込んだ。

片平は、眼を潰されたまま刀を一閃《いっせん》した。

突っ込んだ博奕打ちは、肩を斬られて仰け反った。

片平は、寅吉や伊助たち五人の博奕打ちに囲まれた。


目潰しとは……。

権兵衛は、道場の奥に続く戸口から様子を見守り、苦笑した。

流石は博奕打ち、負ける博奕は打《した》たないか……。

権兵衛は、義十の狡猾《こうかつ》な強かさを知った。

道場の裏にある納屋の板戸が開き、桑原たち浪人が飛び出して来た。
次の瞬間、板戸の両側にいた竜吉たち博奕打ちたちが、六尺棒を横薙《よこな》ぎに振るった。
六尺棒は、桑原の顔面や浪人たちの向う脛《ずね》を激しく打った。
桑原たち浪人たちは、悲鳴を上げて次々に倒れた。
竜吉たち博奕打ちは、倒れた桑原たち浪人を六尺棒で滅多打ちにした。
桑原たち浪人は呻《うめ》き、頭を抱えてのたうち廻った。
竜吉たち博奕打ちに容赦はなかった。
血が飛んだ。
寅吉たち五人の博奕打ちは、匕首を構えて片平を取り囲んでいた。
片平は、眼を潰されたまま刀を構えた。
どうした。桑原たちはどうした……。
片平は焦った。
「片平、納屋にいる浪人共は来ないぜ」
義十は、片平の焦りを読んで嘲笑《あざわら》った。

「何……」

片平は狼狽《うろた》えた。

「死ね……」

義十は、片平に匕首を投げた。

片平は、咄嗟に飛来した匕首を刀で弾き飛ばした。

刹那、寅吉と伊助たち博奕打ちは、構えを崩した片平に一斉に飛び掛かり、匕首を突き刺した。

片平は全身に匕首を刺され、真っ赤な眼を瞠《みは》って棒立ちになった。

寅吉と伊助たち博奕打ちは、片平から匕首を一斉に引き抜いて離れた。

片平は、赤い眼を瞠り、全身を血に染めてゆっくりと倒れた。

義十は、倒れた片平に近付き、その死を見定めた。

「よし……」

義十は、冷酷な笑みを浮かべた。

「貸元……」

竜吉は、台所の勝手口から入って来た。

「おう。終わったか、竜吉」

「浪人五人、滅多打ちにして叩き殺してやりましたよ」

竜吉は笑った。

「良くやった。よし、引き上げろ」

義十は、寅吉と伊助たち博奕打ちを従えて道場から出て行った。

道場には、片平源十郎と山岡伝内の死体だけが残された。

此《こ》の博奕、先ずは義十の勝ちか……。

権兵衛は苦笑した。


道場の裏、納屋の前には三人の浪人が殴り殺されていた。

権兵衛は見廻《みまわ》した。

桑原金之助と浪人の一人は、何処にもいなかった。

どうにか逃げたか……。

権兵衛は読んだ。

遠くから呼子笛の甲高い音が響いて来た。

四

片平源十郎たち無頼の浪人一味は、どうにか片付いた。

残るは、貸元番場の義十たち博奕打ちの始末だ。

権兵衛は、番場町の義十の家を訪れた。

貸元義十たち博奕打ちは、片平源十郎たちを倒した高揚感の余韻に浸りながら賭《と》場《ば》の開帳を急いでいた。

「こりゃあ、権兵衛の旦那《だんな》……」

義十たちは、上機嫌で権兵衛を迎えた。

「夜討ち、上首尾に終わったようだな」

権兵衛は笑い掛けた。

「お陰様で……」

義十は、懐から三両の小判を出し、長火鉢の猫板の上に置いた。

「此奴《こいつ》は、後金の三両です」

「うむ……」

権兵衛は、三両を懐に入れた。

「清六、酒を持って来い」

義十は、三下の清六に命じた。

「へい……」

戸口に控えていた清六は、台所に立った。

「処で義十、片平一味の浪人、皆殺しに出来なかったな」

権兵衛は苦笑した。

「えっ……」

義十は戸惑った。

「道場の納屋の前には三人の浪人が殺されていた」

「三人……」

義十は眉《まゆ》をひそめた。

「うむ。納屋には桑原金之助たち五人の浪人がいた筈《はず》だ。だが、死体は三人。桑原金之助ともう一人の浪人の死体はなかった」

権兵衛は告げた。

「じゃあ、桑原金之助ともう一人が……」

「ああ。辛うじて生き延び、逃げたようだな」

権兵衛は読んだ。

「くそ……」

義十は、上機嫌だった顔を歪《ゆが》めた。

「そして、片平源十郎と仲間の恨みを晴らそうと、義十、お前の首を付け狙うかもしれぬ。呉々《くれぐれ》も気を付けるのだな」

権兵衛は笑った。

「云われる迄《まで》もねえ……」

義十は、苛立《いらだ》たしげに吐き棄てた。

「そうか。ま、桑原金之助、片平や山岡の恨みを晴らそうと、又賭場荒らしを企てるかもな……」

「何……」

義十は、眉を吊《つ》り上げた。

「油断をするな」

権兵衛は脅し、義十の家を出た。

浪人の桑原金之助ともう一人の浪人が生き残った……。

義十一家の高揚感は消え去り、再び緊張感に覆われた。

貸元の義十の賭場は、賭場荒らしに遭った北本所中ノ郷瓦町の古寺の賭場の他、横十間川沿《よこじつけんがわ》いにある大名家江戸下屋敷の中間長屋《ちゅうげん》にもあった。

義十は、二つの賭場の警戒を厳しくする筈だ。

権兵衛は、貸元の義十の家を見張って博奕打《ばくち》ちたちの動きを見定めようとした。

義十は、大名屋敷の中間長屋の賭場を代貸の竜吉たちに任せ、己は寅吉と中ノ郷瓦町の古寺の賭場を開帳し、警戒をする事にした。

よし……。

権兵衛は、横十間川沿いの大名屋敷の中間長屋の賭場に向かった。

横十間川は、深川八右衛門新田《はちえもんしんでん》から横川と同じに南北に流れ、小名木川、本所竪川を横切り、北十間川を結んでいる。

権兵衛は目深に被《かぶ》った塗笠《ぬりがさ》を上げ、横十間川の向こうに見える亀戸天満宮《かめいどてんまんぐう》の大屋根を眺めながら北十間川に進んだ。

その途中にある小大名家の江戸下屋敷の中間長屋に義十の賭場はあった。

権兵衛は、大名家江戸下屋敷を眺めた。

大名家江戸下屋敷は表門を閉め、出入りする者もなく静寂に包まれていた。

大名家の江戸下屋敷は別荘的な役割であり、詰めている家来や奉公人は少なかった。

義十たち博奕打ちの貸元は、中間頭に金を握らせて空いている中間長屋を借り、賭場を開いているのだ。

寺や大名屋敷は、町奉行所の支配違いであり、町方役人を恐れずに賭場を開帳出来る旨味があった。

博奕打ちの竜吉たちが現れ、大名家江戸下屋敷の横の路地に入って行った。

よし……。

権兵衛は追った。

竜吉たちは、大名家江戸下屋敷の土塀沿いの路地を進んだ。

権兵衛は尾行《つけ》た。

竜吉たちは、裏門を叩《たた》いた。

権兵衛は、物陰に潜んで見守った。

裏門が開き、中間が顔を出した。

竜吉たち博奕打ちは、中間に声を掛けて下屋敷内に入った。

中間は路地に現れ、左右を窺《うかが》った。

見覚えのある顔……。

権兵衛は戸惑った。

中間は、路地に不審のないのを見届け、下屋敷に戻って裏門を閉めた。

寺男の平吉……。

権兵衛は気付いた。

中間は、僧侶《そうりょ》でありながら悪辣《あくらつ》な金貸しの裏の顔を持つ香済寺住職の妙海の手下で寺男の平吉だった。

平吉は、権兵衛と長次の手を逃れ、大名家江戸下屋敷の中間に潜り込んでいたのだ。

こんな処に潜んでいたか……。

権兵衛は苦笑した。

だが、今は義十の賭場《とば》だ……。

権兵衛は、塗笠を目深に被って大名家江戸下屋敷を窺い、此見《これみ》よがしに周囲を廻《まわ》った。

博奕打ちたちは、塗笠を被った不審な浪人に気が付いた筈だ。

狙われているのは、大名家江戸下屋敷の賭場……。

義十たち博奕打ちは読み、人数を増やして警戒を厳しくする筈だ。

権兵衛は、亀戸天満宮前の横十間川沿いの大名家江戸下屋敷から離れた。


怪しい浪人が、賭場のある横十間川沿いの大名家江戸下屋敷の周囲に現れた。

桑原金之助の仲間か……。

もしそうだとしたら、狙われているのは大名家江戸下屋敷の賭場……。

竜吉から報《しら》せを受けた貸元の義十は、寅吉たち博奕打ちを大名家江戸下屋敷に賭場の警戒に走らせた。

二度も賭場を荒らされてたまるか……。義十は、生き残った桑原金之助たち浪人の賭場荒らしを警戒した。

寅吉たちのいなくなった中ノ郷瓦町の古寺の賭場は、警戒が手薄になった。

警戒は、義十の身辺警護も薄くなった。

義十は、伊助一人を従えて古寺の賭場に通い始めた。

読みの通りだ……。
権兵衛は苦笑した。

夕暮れ時。
貸元の義十は、伊助を従えて番場町の家を出て中ノ郷瓦町の古寺の賭場に向かった。
賭場のある古寺は、町家地を抜け武家屋敷と寺の入り混じる地にあった。
権兵衛は、塗笠を目深に被って義十と伊助を尾行た。
義十と伊助は、寺の土塀の角を曲がって大名家江戸下屋敷の前に出た。
大名家江戸下屋敷界隈《かいわい》の道に人通りは少なかった。
義十と伊助は、人通りの少ない夕暮れの武家屋敷街を進んだ。
権兵衛は尾行た。
義十の賭場は、大名屋敷の裏の空き地の隣の古寺にある。
義十と伊助は、大名屋敷の土塀の角を曲がって空き地に差し掛かった。
夕陽は沈み、辺りは大禍時《おおまがとき》の青黒さに覆われた。
人通りはなかった。

よし……。

一気に追い縋《すが》り、斬り棄てる。

権兵衛は、義十と伊助に向かって駆け出そうとした。

刹那《せつな》、空き地から人影が飛び出し、義十に突進した。

あっ……。

権兵衛は驚いた。


義十に突進した人影は、匕首《あいくち》を構えたおふみだった。

伊助は、義十を庇《かば》っておふみの突進を躱《かわ》した。

おふみは、匕首を握る両手を震わせ、強張《こわば》った面持ちで義十を睨《にら》んだ。

「な、何だ、お前は……」

義十は驚き、戸惑った。

「祖父《じい》ちゃんの恨みを晴らす……」

おふみは、声を引き攣《つ》らせた。

「爺《じじ》いの恨みだと……」

義十は眉《まゆ》をひそめた。

「手前《てめえ》……」

伊助は、気が付いた。

「誰なんだ、伊助……」

「回向院で浪人共と喧嘩《けんか》をした時、巻き添えを食って死んだ爺いの孫か……」

伊助は睨んだ。

「煩《うるさ》い……」

おふみは、義十に斬り付けた。

伊助は、義十に斬り付けたおふみに体当たりをした。

おふみは、弾き飛ばされて倒れ、匕首を落とした。

「此《こ》の小娘が……」

伊助は、薄笑いを浮かべて匕首を抜いた。

おふみは逃げず、憎悪に満ちた眼で伊助を睨み付けた。

憎悪は死を越えていた。

「伊助、ぶち殺せ……」

義十は、その顔を醜く歪《ゆが》めて命じた。

「承知……」

伊助は、おふみに匕首を翳《かざ》した。
おふみは、必死に伊助を睨み付けた。
刹那、権兵衛が飛び込んで来て伊助を蹴飛《けと》ばした。
伊助は、驚く暇もなく倒れた。
権兵衛は、抜き打ちの一刀を放った。
閃光《せんこう》が走った。
伊助は胸元を斬られ、血を飛ばして倒れた。
義十は戸惑い、呆然《ぼうぜん》とした。
おふみは、眼を瞠《みは》った。
「番場の義十……」
権兵衛は、義十を鋭く見据えた。
「ご、権兵衛……」
義十は、嗄《しわが》れ声を震わせた。
「此迄だ……」
権兵衛は、義十を見据えた。
義十は後退《あとじさ》りをし、逃げようと身を翻した。

権兵衛は、袈裟《けさ》懸《が》けの一刀を閃《ひらめ》かせた。

義十は、背中を袈裟懸けに斬られて踏鞴《たたら》を踏み、前のめりに顔から倒れ込んだ。

おふみは、我に返って倒れた義十に駆け寄った。そして、義十の死を見定めた。

権兵衛は見守った。

おふみは、涙を零《こぼ》して啜《すす》り泣いた。

「祖父ちゃんの恨み……」

おふみは、啜り泣きながら義十の死体を両手で力なく叩《たた》いた。

権兵衛は、痛ましく見守った。

月明かりに照らされた空き地には、虫の音が響き始めた。


夜は更けた。

横十間川に櫓《ろ》の軋《きし》みが響いた。

三下の清六が横十間川沿いの道を走って来て、大名家江戸下屋敷の横の路地に駆け込んだ。

路地の奥の大名家江戸下屋敷の裏門は、義十一家の博奕《ばくち》打ちたちが警戒していた。

清六は、裏門に駆け込んで行った。

権兵衛は、物陰の暗がりに佇《たたず》んで見送った。

清六は、貸元の義十と伊助が古寺の賭場《とば》に現れず、姿を消した事を報せに来たのだ。

権兵衛は読み、冷笑した。

僅《わず》かな刻《とき》が過ぎた。

大名家江戸下屋敷の裏門が開き、竜吉、寅吉、清六たち五人の博奕打ちが駆け出して来た。

よし……。

権兵衛は、横十間川沿いの道に急いだ。

横十間川の流れに月影は揺れた。

竜吉、寅吉、清六たち五人の博奕打ちは、大名家江戸下屋敷の路地から横十間川沿いの道に出た。

塗笠《ぬりがさ》を目深に被《かぶ》った浪人が行く手に現れた。

「竜吉の兄貴……」

寅吉が気が付き、足を止めた。

竜吉、清六、二人の博奕打ちは立ち止まった。

「桑原金之助か……」

竜吉は、夜の闇を透かし見た。

「野郎……」

二人の博奕打ちが長脇差《ながわきざし》を抜き、塗笠を被った浪人に猛然と斬り掛かった。

塗笠を被った浪人は、抜き打ちの一刀で一人の博奕打ちを倒し、返す刀で二人目の博奕打ちを斬った。

二人目の博奕打ちは、脇腹を斬られてよろめき、横十間川に落ちた。

水飛沫《みずしぶき》が月明かりに煌《きら》めいた。

竜吉、寅吉、清六は、長脇差と匕首を抜いて身構えた。

塗笠を被った権兵衛は、鋒《きつさき》から血の滴る刀を提げて竜吉、寅吉、清六に向かって進んだ。

「く、桑原金之助か……」

寅吉は、長脇差を構えて声を震わせた。

「いいや……」

権兵衛は、塗笠を取った。

「名無しの権兵衛だ……」

権兵衛は笑った。

「名無しの権兵衛……」

寅吉、竜吉、清六は驚いた。

「竜吉、寅吉、清六、此《これ》以上、世間の人を泣かせるような真似はさせぬ」

「手前《てめえ》……」

「何もかも手前が仕組んだのか……」

「ああ。気が付くのが遅かったな……」

権兵衛は冷笑を浮かべ、血刀を提げて竜吉、寅吉、清六に向かって進んだ。

「野郎……」

寅吉は、権兵衛に斬り掛かった。

権兵衛は、血刀を上段から斬り下げた。

寅吉は、額を斬られて仰《の》け反り、横十間川に落ちた。

「畜生……」

竜吉と清六は、長脇差と匕首《あいくち》を唸《うな》らせた。

権兵衛は、血刀を縦横に閃かせた。

竜吉と清六は、首の血脈を斬られて血を振り撒《ま》いてよろめき、続け態《ざま》に横十間川に落ち、水飛沫を上げた。

権兵衛は、残心の構えを取った。

水飛沫は収まり、横十間川は静けさに覆われた。

権兵衛は、残心の構えを解き、小さな吐息を洩らした。

横十間川は、博奕打ちたちの死体を飲み込んでゆっくりと流れた。

南町奉行所吟味方与力の秋山久蔵は、北森下町の剣術道場に巣くっていた片平源十郎たち浪人と番場の義十たち博奕打ちの死を互いに殺し合い、滅んだとして始末した。

大川には様々な船が行き交っていた。

「寺男の平吉、既に大名家江戸下屋敷から姿を消していたか……」

権兵衛は眉《まゆ》をひそめた。

「はい。中間長屋の賭場が知れ、我が身に累が及ぶの恐れ、逸早《いちはや》く姿を消したのでしょう」

長次は読んだ。

「うむ。おそらく平吉、渡り中間として大名旗本の屋敷を隠れ歩いているのだろう」

権兵衛は苦笑した。

「成る程、大名旗本家は町奉行所の支配違い、その屋敷にいる限りは、町方役人の手は及びませんか……」

長次は、平吉の狡猾《こうかつ》な狙いを読んだ。

「うむ……」

権兵衛は読んだ。

「じゃあ、姿を消して次に現れる処も大名旗本屋敷ですかね」

「きっとな……」

権兵衛は頷《うなず》いた。

「じゃあ、渡り中間の斡旋《あっせん》をしている口入屋を、ちょいと当たってみますか……」

「うん。そうしてみてくれ」

「心得ました。じゃあ……」

長次は、会釈をして立ち去った。

権兵衛は、吾妻橋へ足早に向かう長次を見送った。

背後に人の気配が近付く……。

権兵衛は振り返った。

おふみがいた。

「やあ……」

「ありがとうございました」

おふみは、権兵衛に深々と頭を下げた。

「礼は無用。私のした事は、おふみに何の拘《かか》わりもないことだ」

権兵衛は、おふみにそう云い残し、大川沿いの道を両国橋に向かった。

「権兵衛さま……」

おふみは、頭を下げて見送った。

大川から吹き抜ける川風は、両国橋に向かう権兵衛の解《ほつ》れ毛を揺らした。

権兵衛は、眼を細めた。

第三話　雨宿り

一

俄雨《にわかあめ》が降り出した。

往来を行き交っていた人々は、蜘蛛《くも》の子を散らすように左右に連なるお店に急いだ。

往来には雨の降る音だけが響き、人々は連なる店の軒下に雨宿りし、恨めしそうに黒い雲の広がる空を眺めていた。

俄雨は止む気配はなく、西堀留川の水面《みなも》に降り続けた。

名無しの権兵衛は、伊勢町は雲母橋の袂《たもと》にある開店前の小さな飲み屋の軒下で雨宿りをし、俄雨の止むのを待っていた。

俄雨の勢いは衰えず、四半刻《しはんとき》が過ぎた。

権兵衛の背後の腰高障子が開き、粋な形《なり》の年増が顔を見せた。

「あら……」

「済まぬ。雨宿りをさせて貰《もら》っている」

権兵衛は、粋な形の年増が飲み屋の者と読み、詫《わ》びた。

「良いんですよ。俄雨、お店で止むのを待ったら如何《いかが》です」

粋な形の年増は微笑んだ。

「うん。そうか、そうさせて貰うか……」

権兵衛は頷いた。

俄雨は降り続いた。

「さあ、どうぞ……」

粋な形の年増は、店の土間に置いてある床几《しょうぎ》代わりの空《あ》き樽《だる》を勧めた。

「うむ。邪魔をする」

権兵衛は、空き樽に腰掛け、飲み屋の店内を見廻《みまわ》した。

開店前の飲み屋は、既に掃除を終え、奥の狭い板場では湯が沸かされていた。

「女将《おかみ》さんか……」

「ええ……」

粋な形の年増は、開店の仕度をしながら笑った。

「構わなければ、酒を一杯貰おうか……」

権兵衛は告げた。

「良いんですよ、気を遣わなくても……」

粋な形の年増の女将は笑った。

「いや。飲みたくなった。一杯頼む」

権兵衛は、重ねて注文した。

「じゃあ、一杯だけ……」

女将は、権兵衛に徳利と猪口を持って来た。

「さ、どうぞ……」

女将は、権兵衛に猪口を渡した。

「うむ……」

権兵衛は猪口を受け取り、差し出した。

女将は酌をした。

「私はおきょう……」

女将は微笑んだ。

「女将のおきょうか、俺は名無しの権兵衛……」

権兵衛は名乗り、酒を飲み干しておきょうに空の猪口を渡した。

「名無しの権兵衛さま。覚え易い、変わった名前ですねえ」

おきょうは苦笑し、権兵衛の酌してくれた猪口の酒を飲み干した。

「ああ……」

権兵衛は苦笑した。

俄雨は降り続いた。

俄雨は夕暮れ前に止み、神田川には船遊びの屋根船が行き交い始めた。

権兵衛は、神田川に架かっている昌平橋の袂にある蕎麦屋《そばや》で岡っ引の長次と落ち合った。

「俄雨、濡《ぬ》れませんでしたか……」

長次は、権兵衛に酒を酌した。

「うむ。伊勢町は雲母橋の袂にある開店前の飲み屋で雨宿りをさせて貰った」

権兵衛は酒を飲んだ。

「そいつは良かった」

長次は、手酌で酒を飲んだ。

「して長次、堀田《ほった》一学《いちがく》の評判はどうなんだ」

権兵衛は、手酌で酒を飲み始めた。

「近所のお屋敷の奉公人や出入りの商人などにそれとなく聞いたんですが、堀田一学さまのお屋敷の奉公人や家来は、いつも緊張していて、笑い声は勿論《もちろん》、穏やかさもない。それも此《これ》も、殿様の所為《せい》だと評判は余り良くありませんね」

長次は苦笑した。

「堀田一学、兄の頓死《とんし》により中年の部屋住みの身で急に四千石の家督を継いで二年。家臣に嘗《な》められないようにと、家中に厳しく睨《にら》みを効かせているのだろう」

権兵衛は読んだ。

「成る程……」

長次は頷《うなず》いた。

「よし。長次、四千石取りの大身旗本堀田一学、二年前迄《まで》の部屋住みの頃の行状を洗ってくれ」

　権兵衛は命じた。

「心得ました」

　長次は頷いた。

「俺は、今の堀田一学の身辺を洗う」

「はい。それにしても、仕官を願う浪人たちに仕官話を持ち掛け、金を巻き上げているって話、本当なら悪辣《あくらつ》な所業ですね」

　長次は呆《あき》れた。

「ああ。仕官を願う浪人の弱味を弄《もてあそ》ぶ外道だ」

　権兵衛は、手酌で酒を飲んだ。


　四千石取りの旗本堀田一学の屋敷は、神田橋御門《ごもん》前の駿河台錦小路《にしきこうじ》にあった。

　権兵衛は、塗笠《ぬりがさ》を目深に被《かぶ》り、斜《はす》向いの旗本屋敷の土塀の陰から堀田屋敷を眺めた。

　役目に就いていない堀田一学は、三千石以上の無役の旗本の寄合《よりあい》に所属していた。

堀田屋敷には出入りする者も少なく、静けさに包まれていた。

静かな錦小路に若い侍がやって来た。

若い侍は、質素な着物に黒紋付羽織を着ており、堀田屋敷の閉められた表門前に佇《たたず》んだ。

堀田家家中の武士ではない……。

権兵衛は睨んだ。

若い侍は、表門脇の潜り戸を叩《たた》いた。

中間が潜り戸を開け、若い侍と短く言葉を交わして屋敷内に招き入れた。

仕官を願う浪人かもしれない……。

権兵衛は読み、見張りを続けた。

四半刻が過ぎた。

黒紋付羽織を着た若い侍は、堀田家の家来に見送られて潜り戸から出て来た。そして、家来に深々と頭を下げて錦小路を帰って行った。

家来は、薄笑いを浮かべて見送り、屋敷に戻って潜り戸を閉めた。

よし……。

権兵衛は、土塀の陰を出て若い侍を追った。

若い侍は、錦小路を抜けて山城《やましろ》国淀《よど》藩江戸上屋敷の前を神田八つ小路に進んだ。

権兵衛は尾行《つけ》た。

若い侍は、八つ小路を抜けて神田川に架かっている昌平橋を渡った。そして、明神下の通りから神田明神に向かった。

神田明神の境内は参拝客で賑《にぎ》わっていた。

若い侍は、本殿に参拝して境内の隅にある茶店を訪れ、老亭主に茶を頼んだ。

権兵衛は、縁台に腰掛けた若い侍と背中合わせに腰を降ろした。

「亭主、茶を頼む」

権兵衛は、老亭主に茶を頼んだ。

「はい。只今《ただいま》……」

老亭主は、若い茶店女がいる奥の茶汲《ちゃくみ》場に入った。

権兵衛は、背後の若い侍を窺《うかが》った。

若い侍は、黒紋付羽織を脱いで丁寧に畳んで風呂敷《ふろしき》に包んだ。

一張羅か借り物か……。

権兵衛は読んだ。

「お待たせしました」

若い茶店女が、権兵衛に茶を持ってきた。

「うむ……」

権兵衛は、茶を受け取った。

茶店女は、権兵衛に続いて若い侍に茶を持って行った。

「如何《いかが》でした」

茶店女は、若い侍に尋ねた。

「喜べ、およう。用人の白崎惣兵衛《しろさきそうべえ》さまによれば、殿の堀田一学さまの覚えも良いとの事だ。もう一息で此《こ》の望月倫太郎《もちづきりんたろう》も旗本堀田家家臣だ」

若い侍、望月倫太郎は、弾んだ声で茶店女のおように伝えた。

「良かった……」

おようは喜び、安堵《あんど》を浮かべた。

「うん……」

倫太郎は頷き、茶を飲んだ。

権兵衛は、倫太郎とおようの会話を背中で聞きながら茶を啜《すす》った。

浪人の望月倫太郎は、旗本堀田家に仕官を願い、話は順調に進んでいる。

だが、それは本当なのか……。

権兵衛は、俄《にわか》に信じられなかった。

「じゃあ、およう。俺は先に帰っているぞ」

倫太郎は、茶を飲み干して立ち上がった。

「はい。私も早く帰ります」

おようは微笑んだ。

望月倫太郎とおようは、若い夫婦なのだ。

権兵衛は見定めた。

望月倫太郎は、神田明神を出て明神下の通りを不忍池に向かった。

権兵衛は尾行た。

不忍池に風が吹き抜け、木洩《こも》れ日は揺れた。

望月倫太郎は、池之端《いけのはた》の片隅にある古い長屋の木戸を潜った。そして、奥の家に入った。

権兵衛は、木戸の傍の稲荷堂《いなりどう》の陰から見届けた。

権兵衛は、池之端の老木戸番に小粒を握らせた。

「ああ。あの長屋はお稲荷長屋って云うんですよ」

老木戸番は、小粒を握り締めた。

「お稲荷長屋か。して、奥の家に住んでいる若い浪人の夫婦を知っているかな」

「ああ。望月倫太郎さんとおようさんですか……」

老木戸番は知っていた。

「うむ。どんな夫婦なのかな……」

「どんなって、一年前に所帯を持ったばかりの仲の良い夫婦でしてね。旦那《だんな》の望月さんは剣術道場の師範代をしていますが、それだけじゃあ食えないと、口入屋の日雇い仕事もしていますよ」

「で、御新造のおようは茶店に奉公か……」

「ええ。何処かのお大名か旗本の家来にでもなれれば良いんですがね」

老木戸番は、望月夫婦に同情した。

「そうだな……」

老木戸番は、望月倫太郎が旗本家に仕官の運動をしている事迄《まで》は知らないようだ。

権兵衛は、老木戸番に礼を云って番屋から出た。
陽は大きく西に傾いていた。
権兵衛は、明神下の通りに向かった。
望月倫太郎が辻《つじ》から現れ、下谷広小路に向かって行った。
望月倫太郎……。
権兵衛は、倫太郎を追った。

下谷広小路は、東叡山寛永寺や不忍池弁財天の参拝や遊びの客で賑わっていた。
望月倫太郎は、下谷広小路の賑わいを上野新黒門町《うえのしんくろもんちょう》に向かった。
権兵衛は続いた。
倫太郎は、上野新黒門町に入り、裏通りに進んだ。
権兵衛は尾行た。
倫太郎は裏通りを進み、一軒の店に入った。
権兵衛は、倫太郎の入った店に近寄り、看板を読んだ。

店には、口入屋『萬屋《よろずや》』の看板が掛けられていた。

権兵衛は、口入屋『萬屋』の店内を窺った。

店の帳場では、倫太郎が初老の亭主の示す周旋票を見ていた。

明日《あした》の仕事探し……。

権兵衛は見定めた。

よし、此処《ここ》までだ……。

権兵衛は、口入屋『萬屋』から離れた。

西に大きく傾いた陽は、赤くなり始めていた。


神田川の流れに月影は揺れた。

柳原通りの柳並木は、夜風に緑の枝葉を揺らしていた。

お店の旦那は、手代の持つ提灯《ちょうちん》に足元を照らされ、神田川に架かっている新《あたら》シ橋《ばし》を渡って来た。そして、新シ橋を渡り終え、柳原通りに出ようとした。

刹那《せつな》、手拭《てぬぐい》で頬被《ほおかぶ》りをした侍が現れ、お店の旦那と手代に斬り掛かった。

旦那と手代は驚き、逃げようとした。

頬被りの侍は、大きく踏み込んで旦那を袈裟《けさ》懸《が》けに斬り、返す刀で手代を横薙《よこな》ぎに斬った。
旦那は仰《の》け反り倒れ、手代は横腹から血を振り撒《ま》いた。
手代の手から落ちた提灯が燃え始めた。
頬被りの侍は、倒れた旦那の懐から財布を奪い、足早に立ち去った。
提灯は大きく燃え上がった。
夜廻《よまわ》りの木戸番が、拍子木を打ち鳴らしながらやって来た。

朝。
神田明神境内に参拝客は少なかった。
権兵衛が参道から現れ、神田明神の本殿に手を合わせ、片隅にある茶店に向かった。
茶店では長次が茶を啜っていた。
権兵衛は、茶店女のおように茶を頼み、縁台にいる長次の隣に腰掛けた。
「おはようございます」
長次は囁《ささや》いた。

「うむ。して、何か分かったか……」

「ええ。堀田一学、部屋住みの頃、堀田家に仕官の推挙を約束をして金を受け取っていたそうですよ」

長次は、茶を啜《すす》った。

「推挙の約束……」

権兵衛は眉《まゆ》をひそめた。

「ええ。その礼金として金を受け取り、やがて、仕官は他の者に決まった。残念だったなと云ってお仕舞いだったとか……」

「堀田家の仕官話、本当にあったのかな」

「さあて、本当にあったのか、なかったのか……」

長次は、嘲《あざけ》りを浮かべた。

「お待たせ致しました」

おようが茶を持ってきた。

「うむ……」

「ごゆっくり……」

おようは立ち去った。

「仕官話、本当はないのに推挙の約束をしたのなら、そいつは立派な騙《かた》りだな」

権兵衛は茶を啜った。

「ええ。で、推挙を頼んだ浪人の中には、礼金にする金が欲しさに盗みや辻強盗《つじごうとう》を働く者もいたそうですよ」

長次は、腹立たしげに告げた。

「悪党の謀《はかりごと》には悪事で応じるか……」

権兵衛は呆《あき》れた。

「そう云えば旦那。昨夜の新シ橋の袂《たもと》での辻強盗もそんな事かもしれませんね」

「昨夜、新シ橋で辻強盗だと……」

権兵衛は知らなかった。

「ええ。神田小泉町《こいずみちょう》の酒屋の旦那と手代が襲われましてね。金を奪われたそうです」

長次は報《しら》せた。

「して辻強盗、何者の仕業か分かっているのか……」

「いえ。未《ま》だでして。町奉行所は只《ただ》の辻強盗か、それとも辻強盗に見せかけた遺恨の果てか、両方から探索を始めるとか……」

長次は告げた。

「そうか……」

「で、旦那《だんな》の方は……」

「うん。昨日。錦小路の堀田屋敷に仕官を願う望月倫太郎と云う浪人が訪れてな」

「望月倫太郎ですか……」

「ああ。あの茶店女およう の亭主だ」

権兵衛は、客に茶を差し出しているおようを示した。

「およう……」

長次は、客の相手をしているおようを見守った。

「うむ。亭主の倫太郎、おそらく今日は口入屋の周旋の日雇い仕事に励んでいる筈《はず》だ」

権兵衛は茶を啜った。

「望月倫太郎さん、真面目な人柄のお人のようですね」

長次は読んだ。

「うん。堀田家の仕官話が本当か偽りか、早く証明してやれば良いのだが……」

権兵衛は、微《かす》かな苛立《いらだ》ちを過《よぎ》らせた。

神田明神の境内は、刻《とき》が過ぎると共に参拝客で賑《にぎ》わい始めた。

駿河台錦小路は、既に登城の刻限も過ぎて人影は疎らだった。
権兵衛は、長次と別れて堀田屋敷にやって来た。
中年の浪人が旗本屋敷の路地に佇《たたず》み、斜向《はす》いの堀田屋敷を見詰めていた。
何をしている……。
権兵衛は目深に被った塗笠《ぬりがさ》を上げ、路地に佇む中年の浪人を見張った。
刻が過ぎた。
堀田屋敷の潜り戸が開いた。
中年の武士が、二人の若い武士を従えて潜り戸から出て来た。
何者だ……。
権兵衛は見守った。
「白崎惣兵衛……」
中年の浪人が怒鳴り、中年の武士に向かって猛然と走った。
二人の若い武士が、中年の武士を庇《かば》うように立った。
中年の武士は、堀田家用人の白崎惣兵衛……。
権兵衛は知った。

中年の浪人は刀を抜き、猛然と白崎に斬り掛かった。

二人の若い武士は、刀を抜いて斬り結んだ。

白崎は、堀田屋敷の潜り戸に逃げた。

「待て、白崎、よくも騙《だま》したな……」

中年の浪人は、必死に追い縋《すが》ろうとした。

しかし、二人の若い武士が防いだ。

「曲者だ。狼藉《ろうぜき》者だ……」

白崎は、潜り戸を叩《たた》いて怒鳴った。

拙《まず》い……。

此《こ》のままでは、中年の浪人は駆け付ける堀田家の家来たちに斬り棄てられるか、捕らえられてしまう。

よし……。

権兵衛は、塗笠を目深に被《かぶ》り直し、中年の浪人と斬り合う二人の若い武士に素早く駆け寄り、蹴《け》り飛ばし殴り飛ばした。

二人の若い武士は、背後からの不意の攻撃に倒れた。

「逃げるぞ……」

権兵衛は、中年の浪人を促した。

「あ、ああ……」

権兵衛は、中年の浪人を連れて神田橋御門に走った。

堀田屋敷から家来たちが出て来た。

権兵衛は、中年の浪人を連れて逃げた。

二

外濠に風が吹き抜け、鎌倉河岸《かまくらがし》には小波《さざなみ》が走っていた。

中年の浪人は、鎌倉河岸の水際に下りて顔や手足を洗った。

権兵衛は見守った。

中年の浪人は、古びた手拭《てぬぐい》で濡《ぬ》れた顔や手足を拭った。

「お助け戴《いただ》き、礼を申す」

中年の浪人は、権兵衛に頭を下げた。

「礼には及ばぬ。おぬし、堀田家の用人の白崎惣兵衛に恨みでもあるのか……」

権兵衛は尋ねた。

「ああ。ある。殺したい程の恨みがある」

中年の浪人は、思い詰めた面持ちで鎌倉河岸の水面《みなも》を見詰めた。

「殺したい程の恨み……」

権兵衛は眉《まゆ》をひそめた。

「ああ。白崎惣兵衛に二十五両を用意すれば、堀田家に仕官が叶《かな》うと云われ、親類や知り合いに借金して歩き、それでも足りなく高利貸しに借金をして……」

「二十五両をどうにか用意して、白崎惣兵衛に渡したか……」

権兵衛は読んだ。

「ああ。だが……」

中年の浪人は、悔しげに顔を歪《ゆが》めた。

「どうした……」

「白崎惣兵衛、仕官は他の者に決まったと……」

「ならば、渡した二十五両は……」

「仕官の運動に使って仕舞ったと……」

「返して貰《もら》えなかったか……」

「ああ。白崎惣兵衛、ありもしない仕官話を捏《でっ》ち上げ、俺から二十五両を騙し取る魂胆だったのだ」

中年の浪人は項垂《うなだ》れた。

「酷《ひど》いな。して、おぬしの一件、堀田家の殿の一学は知らぬ事なのか……」

「はっきりとは分からぬが、知らぬ事はあるまい……」

中年の浪人は読んだ。

「そう思うか……」

「ああ。俺の作った借金の為、年季奉公に出なければならなくなった妻に申し訳がなくて。せめて白崎惣兵衛に恨みの一太刀をと……」

中年の浪人は、悔やみと口惜しさを露《あら》わにした。

「おぬし、今は白崎惣兵衛に恨みを晴らすより、御新造の為に借金の返済に力を尽くすのだな。恨みは俺が晴らす」

権兵衛は云い放った。

「おぬしが……」

中年の浪人は驚いた。

「うむ……」

権兵衛は頷《うなず》いた。

「おぬし、名は……」

中年の浪人は戸惑った。

「権兵衛、名無しの権兵衛だ……」

権兵衛は、不敵な笑みを浮かべた。

中年の浪人は、堀田家仕官を餌に用人の白崎惣兵衛に二十五両を騙し取られた。

長次の調べでは、堀田家当主の一学は、部屋住みの時に同じ手口で騙《かた》りを働いていた。

堀田一学は、用人の白崎惣兵衛の騙りを知らぬ筈《はず》はない。寧ろ、堀田一学が白崎惣兵衛に命じてやらせているのかもしれない。

権兵衛は、中年の浪人の名や素性を訊《き》かなかった。

堀田一学と白崎惣兵衛の仕置きは、他人の証言より己が身を以て摑《つか》んだ証拠でする。

権兵衛は、中年の浪人と別れ、錦小路の堀田屋敷に戻る事にした。

錦小路に西日が差し込んだ。

権兵衛は、塗笠を目深に被って堀田屋敷を見張った。

主《あるじ》の堀田一学と用人の白崎惣兵衛は、命を狙う者がいるのを知り、屋敷から出る事は出来るだけしない筈だ。

権兵衛は、堀田屋敷を見張った。

堀田屋敷の潜り戸が開いた。

権兵衛は、土塀の陰に身を潜めた。

二人の家来が、堀田屋敷の潜り戸から出て来た。

二人の家来は、用人白崎惣兵衛の供侍を務めていた者だった。

白崎に代わって出掛ける……。

権兵衛は読んだ。

二人の家来は、錦小路から八つ小路に向かった。

よし……。

権兵衛は、二人の家来を尾行《つけ》た。

旗本堀田家家中の二人の家来は、八つ小路から明神下の通りを抜け、不忍池の畔《ほとり》を池之端に進んだ。

行き先は、浪人の望月倫太郎とおよう夫婦の住むお稲荷《いなり》長屋か……。

二人の家来は、白崎惣兵衛に代わって望月倫太郎の許《もと》に行く。

権兵衛は読んだ。


不忍池に西日は煌《きら》めいた。

二人の家来は、お稲荷長屋の木戸を潜って奥の家に向かった。

権兵衛は見守った。

二人の家来は、望月倫太郎の家の腰高障子を叩《たた》いた。

だが、望月倫太郎の家から返事はなかった。

倫太郎は口入屋の日雇い仕事に行き、妻のおようは神田明神の茶店で働いている。

「留守か……」

「どうする。清水《しみず》……」

「梶原《かじわら》、白崎さまの御用だ。望月が帰って来るのを待つしかあるまい」

清水と梶原と云う名の二人の家来は、古い長屋の傍にある稲荷堂の陰に佇《たたず》み、望月倫太郎が帰って来るのを待つ事にした。

権兵衛は見守った。

刻《とき》が過ぎ、陽は赤くなり始めた。

「清水、ちょいと用を足してくる」

梶原は告げた。

「う、うむ……」

清水は、不服げに頷いた。

梶原は、不忍池の畔に向かった。

「虚《うつ》けが……」

清水は、腹立たしげに見送った。

よし……。

権兵衛は、塗笠《ぬりがさ》を目深に被《かぶ》って梶原を追った。


夕暮れ。

不忍池の畔に人影は途絶え、水鳥の鳴く声が響いていた。

梶原は、不忍池の畔で大きく背伸びをして近くにある古い茶店に向かおうとした。

刹那《せつな》、権兵衛が背後から梶原の首に腕を巻き付けた。

梶原は仰《の》け反り、眼を瞠《みは》った。

「抗《あらが》えば絞め殺す」

権兵衛は囁《ささや》き、首に巻いた腕を力を込めた。

「わ、分かった……」

梶原は、激しく震えながら頷いた。

「望月に何の用だ」

権兵衛は尋ねた。

「し、白崎さまの御用だ……」

「白崎の用とは……」

「それは……」

「云え……」

権兵衛は、梶原の首を絞めた。

「か、金だ。仕官の為には、明後日迄《あさってまで》に二十五両が必要だと……」

梶原は、嗄《しわが》れ声を引き攣《つ》らせた。

「二十五両、明後日迄……」

「それを伝えに来た」

「よし。梶原、此《こ》の事、清水や白崎に洩《も》らせば、堀田家でのお前の立場はなくなる。そいつが嫌なら此の事、他言は無用だ」

権兵衛は、云い聞かせた。

「ああ……」

「洩らした時は殺す」

権兵衛は、嘲《あざけ》りを滲《にじ》ませた。

「わ、分かった……」

梶原は頷《うなず》いた。

次の瞬間、権兵衛は梶原を突き飛ばした。

梶原は、畔の茂みに転げ込み、必死に立ち上がって振り返った。

背後には誰もいなかった。


権兵衛は、お稲荷長屋に戻った。

木戸の傍の稲荷堂の前では、清水が人足姿の望月倫太郎と立ち話をしていた。

おそらく清水は、倫太郎に白崎惣兵衛の言付けを告げたのだ。

清水は、話し終えて踵《きびす》を返した。

倫太郎は、呆然《ぼうぜん》とした面持ちで立ち尽くした。
堀田家に仕官するには、明後日迄に二十五両の金が必要だと云われて……。
権兵衛は読んだ。
梶原が不忍池から戻り、帰って行く清水を慌てて追った。
おようが帰って来た。
「お前さま……」
おようは、倫太郎に気が付いて微笑んだ。
「おお……」
倫太郎は我に返った。
おようは、微笑みを浮かべて倫太郎に駆け寄った。
権兵衛は、微《かす》かな怒りを覚えた。
日は暮れた。

「昔、二十五両を騙《だま》し取られた人と、今まさに二十五両を騙し取られようとしている人ですか……」
長次は、酒を啜《すす》った。

「ああ……」

権兵衛は苦笑した。

「止めないのですか……」

長次は、権兵衛の出方を窺《うかが》った。

「堀田と白崎の汚い騙《かた》りの手口、じっくり見せて貰《もら》う」

権兵衛は、冷徹に云い放ち、酒を飲んだ。

「そうですか……」

長次は、微かな不満を過《よぎ》らせた。

「そして、堀田一学と白崎惣兵衛の汚い騙りの証拠を押さえ。必ず始末してくれる」

権兵衛は酒を飲んだ。

「そう云えば旦那《だんな》。堀田一学、部屋住みの頃、仕官話の騙りを働き、金を騙し取られた浪人に襲われ、取り巻きたちと返り討ちにした事があるそうですぜ」

長次は報《しら》せた。

「騙された浪人が襲い、返り討ちか……」

権兵衛は眉《まゆ》をひそめた。

「ええ。その浪人、仕官に纏《まと》まった金が必要だと知り、仕官を諦《あきら》めたのですが、御新造が女郎屋に年季奉公に出て金を作ったそうでしてね……」

「その金を騙し取られたか……」

「ええ。気の毒に。堀田一学に斬り掛かった気持ち、分かりますよ」

長次は、浪人に同情した。

「長次、そいつはいつの話だ」

「もう随分と昔、十年以上も前の話でしてね。一学の奴、若い頃から悪党だったんですねえ」

長次は呆《あき》れた。

「うむ。十年以上も昔の事なら、女郎屋に年季奉公に出た御新造の年季も明けているか……」

権兵衛は読んだ。

「ええ。きっと……」

長次は頷いた。

権兵衛は、手酌で酒を飲んだ。

お稲荷《いなり》長屋は、おかみさんたちの洗濯とお喋《しゃべ》りの刻も過ぎ、静けさが訪れた。

権兵衛は、稲荷堂の陰からお稲荷長屋の奥の家を見張っていた。

奥の家の腰高障子が開き、倫太郎がおように見送られて出て来た。

権兵衛は見守った。

おようは、心配そうに倫太郎に声を掛けた。

倫太郎は笑顔で応じ、木戸に向かった。

おようは、不安そうに見送った。

倫太郎は、お稲荷長屋の木戸を出て不忍池に向かった。

権兵衛は、稲荷堂の陰から出て倫太郎を追った。

口入屋に周旋された仕事に行くのか……。

権兵衛は読んだ。

倫太郎は、その足取りを重く変えた。

金策か……。

倫太郎は、清水から堀田家仕官には二十五両が明後日迄に必要だと聞き、金策に出て来たのかもしれない。

権兵衛は、倫太郎の重い足取りをそう読んだ。

不忍池の水面《みなも》は煌《きら》めいた。
倫太郎は、不忍池の畔《ほとり》に佇《たたず》んで吐息を洩らし、煌めく水面を眩《まぶ》しげに眺めた。
金策だ……。
権兵衛は、倫太郎の不忍池の畔に佇む姿を見て金策だと見定めた。
僅《わず》かな刻《とき》が過ぎた。
権兵衛は、重い足取りで下谷広小路に向かった。
権兵衛は追った。

下谷広小路は多くの人で賑《にぎ》わっていた。
倫太郎は、重い足取りで雑踏を進んだ。
金策の当てはあるのか……。
権兵衛は、倫太郎を見守った。
倫太郎は、重い足を引き摺《ず》るように進み、上野北大門町《きただいもんちょう》の裏通りに進んだ。
権兵衛は追った。
倫太郎は、裏通りを進み、一軒の店の前に立ち止まった。

権兵衛は見守った。

倫太郎は、店を見詰めて己の刀と見比べた。

まさか……。

倫太郎は、目の前の店に押し込む。

権兵衛は緊張した。

倫太郎は、刀を握り締めて目の前の店に踏み込んだ。

権兵衛は、店に駆け寄った。

店には『質屋・恵比寿屋《えびすや》』と書かれた看板が掛けられていた。

倫太郎は、質屋『恵比寿屋』に押し込んだ。

権兵衛は睨《にら》み、質屋『恵比寿屋』の店内を窺った。

質屋『恵比寿屋』の店内では、亭主が刀を抜いて刀身を検《あらた》め、倫太郎が縋《すが》る眼差《まなざ》しで見守っていた。

「ほう、中々の業物ですね」

亭主は告げた。

「うむ。幾らだ。幾ら貸して貰えるかな」

倫太郎は、亭主を見詰めた。

「そうですねえ。三両ですか……」

亭主は告げた。

「三両……」

「はい。三両……」

「亭主、その刀は十両で購《あがな》った物だ。せめて五両、貸してはくれぬか……」

倫太郎は頼んだ。

「五両……」

「うむ。頼む、五両……」

亭主は眉をひそめた。

倫太郎は粘った。

「じゃあ、中を取って四両。それで如何《いかが》ですか……」

「四両……」

「ええ。質入れしている間迄《まで》、此《こ》の竹光を只《ただ》でお貸し致しますよ」

亭主は、粗末な竹光を取り出した。

「竹光を付けて四両か……」

倫太郎は落胆した。

「はい。それ以上はとても……」

亭主は、気の毒そうに告げた。

「分かった。ならば刀を……」

倫太郎は、思い詰めた顔で手を差し出した。

「は、はい……」

亭主は、倫太郎に刀を差し出した。

倫太郎は、喉《のど》を鳴らして刀を握り締めた。

「御免……」

権兵衛が入って来た。

「分かった。邪魔をしたな」

倫太郎は、慌てて刀を腰に差しながら質屋から出て行った。

倫太郎は、喉を鳴らして湯飲み茶碗《ぢやわん》の酒を飲み、大きな吐息を洩《も》らした。

場末の一膳飯屋《いちぜんめしや》は薄暗く、閑散としていた。

「良く思い止《とど》まったな……」

権兵衛は、倫太郎の向かい側に座った。

「おぬし……」

倫太郎は、権兵衛を見据えた。

「驚いたよ。質屋に入るとおぬしが殺気を放っていたのでな……」

権兵衛は笑い掛けた。

「なに……」

倫太郎は、権兵衛に警戒の眼を向けた。

「刀を質草に金を借りようとしたが、願い通りの金を借りられず、押し込み強盗に早変わりの寸前だったか……」

権兵衛は読んだ。

「な、何を申す……」

倫太郎は、腹の内を読まれて狼狽《うろた》えた。

「だが、思い止まり、何よりだ」

権兵衛は笑い、一膳飯屋の老亭主に酒を頼んだ。

倫太郎は、湯飲み茶碗の酒を飲んだ。

「おまちどう……」

老亭主が、酒を持ってきた。

権兵衛は、倫太郎と己の湯飲み茶碗に酒を注いだ。

「うむ……」

「金が入り用なのか……」

権兵衛は酒を飲んだ。

「忝《かたじけな》い。おぬしのお陰で押し込み強盗にならずに済んだ」

倫太郎は、権兵衛に礼を云った。

「うむ。おぬしが何故、金が入り用なのか知らぬが、近頃、旗本家の仕官話の騙《かた》りが横行していると聞く、気を付けるのだな」

権兵衛は告げた。

「仕官話の騙り……」

倫太郎は、戸惑いを浮かべた。

「ああ。仕官話が後一息の処に来たら、急に二十五両の金子が必要だと云い出す……」

権兵衛は、倫太郎を窺《うかが》った。

倫太郎は、己の置かれている情況を云い当てられ、思わず喉を鳴らした。

「して、浪人は借金を重ね、女房娘を年季奉公に出し、やっとの思いで金を作って渡す……」

「うむ……」

「だが、仕官は他の者に決まり、二十五両は渡し損。仕官話の騙りは終わりだ」

権兵衛は苦笑した。

「おぬしは……」

倫太郎は、権兵衛を見詰めた。

「権兵衛、名無しの権兵衛だ……」

権兵衛は笑った。

「名無しの権兵衛……」

倫太郎は、戸惑いを浮かべた。

「堀田家の仕官話は騙り。深手を負わぬ内に、愚かな真似は止めるんだな」

権兵衛は、厳しい面持ちで告げた。

三

駿河台錦小路は静けさに満ちていた。

権兵衛は、望月倫太郎と別れて堀田屋敷に用人の白崎惣兵衛を訪ねた。

「白崎さまにどのような御用で……」

表門の取次番士は尋ねた。

「望月倫太郎どのの代理の者だ。白崎さまにそうお伝え下されば分かる筈《はず》だ」

権兵衛は笑った。


堀田屋敷には微《かす》かな緊張感が漂っていた。

権兵衛は、式台脇の座敷に通された。

僅《わず》かな刻《とき》が過ぎ、堀田家用人の白崎惣兵衛がやって来た。

「堀田家用人の白崎惣兵衛だ。おぬしが望月倫太郎の代理の者か……」

白崎は、権兵衛に探る眼を向けた。

「如何《いか》にも。黒崎《くろさき》権兵衛です」

権兵衛は、白崎に笑い掛けた。

「黒崎権兵衛どのか。して、望月倫太郎の用とは……」

「望月倫太郎どの、二十五両、用意出来ないので、無念ですが仕官話は此迄《これまで》、辞退致すとの事です」

権兵衛は告げた。

「何……」

白崎は驚いた。

「望月どのは、堀田家仕官話に既に十両の借金を作ったそうでしてね。此以上の借金は出来ないと……」

権兵衛は告げた。

「そうか。金が用意出来なければ、他の事をして呉《く》れれば良かったのにな」

白崎は苦笑した。

「ほう。二十五両を用意しなくても良かったのですか……」

権兵衛は、僅かに身を乗り出した。

「うむ。それに代わる事をして呉れれば良かったのだが……」

「それで、堀田家に仕官の願い、叶《かな》ったのですか……」

「如何にも……」

白崎は頷《うなず》いた。

「ならば白崎さま、その他の事、拙者がやれば仕官が叶うのですか……」

権兵衛は尋ねた。

「おぬしが……」

白崎は眉《まゆ》をひそめた。

「はい。拙者も大名旗本家に仕官を願っていましてな」

「ほう。そうなのか……」

白崎は、権兵衛に狡猾《こうかつ》な眼を向けた。

「ええ。仕官が叶うなら何でもしますよ」

権兵衛は、白崎を見詰めた。

「何でもするか……」

白崎は、権兵衛を見返した。

「仕官が叶うのなら……」

権兵衛は頷いた。

「よし。ならば明日《あした》の昼、又来てくれ」

白崎は笑った。

「明日の昼、又……」

「うむ。来られるか……」

「心得ました」
権兵衛は、笑みを浮かべて頷いた。
権兵衛は、取次番士に見送られて堀田屋敷を出た。
さあて、どう出るか……。
白崎惣兵衛は、黒崎権兵衛の素性を突き止めようと、尾行者を付ける筈だ。
権兵衛は読み、尾行《つけ》て来る者を警戒しながら錦小路を神田八つ小路に向かった。
二人の武士が路地から現れ、権兵衛を尾行始めた。
現れた……。
権兵衛は、二人の武士を白崎配下の堀田家家来だと睨《にら》んだ。
よし……。
権兵衛は、神田八つ小路を横切り、神田川に架かっている昌平橋に向かった。
二人の武士は、権兵衛を尾行た。
昌平橋を渡った権兵衛は、明神下の通りから不忍池に向かった。
二人の武士は追った。

権兵衛は、明神下の通りから妻恋坂《つまごいざか》に曲がり、湯島天神に進んだ。
湯島天神は参拝客で賑《にぎ》わっていた。
権兵衛は、参道から境内に入った。
境内の茶店の縁台では、長次が茶を飲んでいた。
長次は、やって来た権兵衛に気が付いた。
権兵衛は、長次に小さく笑って見せて素通りし、本殿に進んだ。
うん……。
長次は、権兵衛の背後を見た。
二人の武士が続いて来た。
旦那《だんな》を尾行ている……。
長次は、権兵衛が二人の武士に尾行られているのに気が付いた。
堀田家の家来……。
長次は読んだ。
権兵衛は、本殿に手を合わせて東の鳥居に向かった。
二人の武士は追った。

権兵衛は、東の鳥居を出た。

東の鳥居の下には、急な男坂と緩やかな女坂があった。

権兵衛は男坂を下りた。

二人の武士が追って現れ、男坂を下り始めた。

刹那《せつな》、長次が東の鳥居の陰から現れ、男坂を駆け下りながら二人の武士を背後から突き飛ばした。

二人の武士は、驚きの声を上げて男坂を転げ落ちた。

「のろのろ歩くな、ど三一《さんぴん》。邪魔なんだよ」

長次は、倒れた二人の武士に罵声《ばせい》を浴びせて駆け去った。

「おのれ……」

二人の武士は、手足の痛みに耐えてよろめきながら立ち上がった。

権兵衛の姿はなかった。

二人の武士は、慌てて辺りに権兵衛を捜し始めた。

不忍池の畔《ほとり》に木洩《こも》れ日が揺れた。

長次は、不忍池の畔にある古い茶店に駆け寄った。

「いらっしゃい……」

古い茶店の前では、老婆が掃除をしていた。

「やあ……」

「奥の小座敷だ」

老婆は、掃除をしながら報《しら》せた。

「承知……」

長次は、古い茶店の奥に入って行った。

老婆は、長次を追って来る者の有無を鋭い眼差《まなざ》しで窺《うかが》った。

小座敷の畳や壁、障子は古く西日に焼けていた。

権兵衛は、長次に望月倫太郎の代理として堀田屋敷を訪れた結果を報せた。

「へえ、二十五両に代わる事ですか……」

長次は眉をひそめた。

「ああ。そいつをやれば、堀田家に仕官が叶うそうだ」

「仕官が叶う程の事となると……」

長次は、何かに気が付いて眼を光らせた。

「旦那……」

「ああ。誰かを斬り棄てろか……」

権兵衛は読んだ。

「ですが、そんな事を頼んだら末代迄《まで》の弱味を握られる事になりますぜ」

「なあに、家臣にして直ぐに人殺しとして成敗すれば済む事だ」

「堀田家家中の一件ですか……」

「ああ。町奉行所の手出しの出来ない一件だ」

権兵衛は苦笑した。

「それにしても、誰を殺せってんですかね」

長次は首を捻《ひね》った。

「ああ。ま、いずれにしろ、堀田一学か白崎惣兵衛を恨む者だろうな」

権兵衛は苦笑した。

「で、どうするんですか……」

「乗るしかあるまい……」

「乗って奴らの悪事を暴いてやりますか……」

「ああ。じゃあな……」

権兵衛は立ち上がった。

「どちらへ……」

「白崎は俺の素性と塒《ねぐら》を突き止めようとしている。博奕打《ばくちう》ちの三下に金を握らせ、黒崎権兵衛、賭場《とば》を塒にしている無頼の浪人になるしかあるまい」

権兵衛は苦笑した。

不忍池は夕陽に覆われた。

権兵衛は、不忍池の畔を谷中《やなか》に向かった。

堀田家家中の二人の武士が、権兵衛を捜し廻《まわ》っていた。

「御苦労な事だ……」

権兵衛は苦笑し、二人の武士が気が付くように進んだ。

二人の武士は、権兵衛に気が付いた。

権兵衛は気付かれたのを見定め、谷中の安慶寺《あんけいじ》の賭場に向かった。

二人の武士は、満面に安堵《あんど》を浮かべて権兵衛の後を尾行た。

不忍池の水面《みなも》は夕陽に輝いた。

駿河台錦小路の堀田屋敷には、家来たちが出入りしていた。

向かい側の旗本屋敷の土塀の陰には、質素な形《なり》の武家の女が佇《たたず》み、厳しい面持ちで堀田屋敷を見詰めていた。


「黒崎権兵衛、谷中の寺の賭場に昨夜入り、今朝までおりました」

「朝までずっと博奕を打っていたのか……」

白崎は眉《まゆ》をひそめた。

「はい。私が勤番侍を装い、賭場に入った時には、盆茣蓙《ぼんござ》を囲んでおりました」

「そうか。して、途中で抜け出すような事は……」

「夜明迄、外で見張っていましたが、抜け出す事はありませんでした」

「それで、三下に探りを入れた処、黒崎権兵衛、いつも賭場に入り浸っているそうです」

「そうか。黒崎権兵衛、賭場を塒にしている無頼の浪人か……」

白崎は、侮りと蔑《さげす》みを浮かべた。

「はい。間違いありません」

二人の武士は頷《うなず》いた。

「よし。御苦労だった。引き取って休め」

白崎は、二人の家来に命じた。

「はっ……」

二人の家来は、白崎に挨拶《あいさつ》をして用部屋から出て行った。

「黒崎権兵衛か……」

白崎は狡猾《こうかつ》な笑みを浮かべた。

「御用人さま……」

廊下に家来がやって来た。

「何だ……」

「殿がお呼びにございます」

家来は告げた。

「分かった」

堀田一学は、三十歳を過ぎた時に二歳上の兄を急な病で亡くし、堀田家当主の座に就いた背の低い貧相な男だった。

「殿、白崎惣兵衛にございます」

白崎が、一学の座敷を訪れた。

「うむ。入るが良い」

一学は、嗄《しわが》れ声で告げた。

「はっ……」

白崎は、一学の座敷に入って平伏した。

「お呼びにございますか……」

「うむ。仕官話はどうなっている」

一学は、冷ややかに尋ねた。

「それが中々……」

白崎は苦笑した。

「そうか。ならば、我らを恨み、付け狙う女の始末。如何《どう》なっている」

一学は尋ねた。

「はい。只今《ただいま》、事を進めております」

白崎は、狡猾な笑みを浮かべた。

「そうか。白崎、過日、御老中《ろうじゅう》の御機嫌伺いをした時、そろそろお役目に就くかと中されたのは云ったな」

「はい……」

「御老中は小普請組《こぶしんぐみ》支配などはどうだと云って来た……」

「それはそれは、結構なお役目で……」

白崎は、薄笑いを浮かべた。

小普請組支配と云う役目は、三千石以下の無役の旗本御家人支配の付け届けの多い、旨味の多い役目だった。

「なあに、俺を小普請組支配に据え、上前を撥《は》ねようって魂胆だ」

一学は、嘲《あざけ》りと侮りを滲《にじ》ませた。

「成る程……」

白崎は頷いた。

「何れにしろ白崎、急ぎ女を始末し、中井香伯《なかいこうはく》の書き付けを奪え……」

一学は、酷薄に命じた。

昼。

駿河台の武家屋敷に人気はなかった。

権兵衛は、山城国淀藩江戸上屋敷の前を通り、錦小路に曲がった。
錦小路に行き交う者はいなかった。
だが、旗本屋敷の土塀の陰に質素な形の武家の女が佇んでいた。
武家の女は、斜向《はす》いにある堀田屋敷を窺《うかが》っていた。
誰が、何をしている……。
権兵衛は近付いた。
武家の女は、権兵衛の気配に気が付いたのか、振り返った。
うん……。
権兵衛は立ち止まった。
武家の女は、土塀沿いの路地の奥に走った。
権兵衛は見送った。
何処かで見た顔……。
権兵衛は、路地の奥に走り去った武家の女の顔に見覚えがあった。
だが、何処で逢《あ》った誰なのかは、思い出せなかった。
堀田一学と白崎惣兵衛に騙《だま》された浪人に拘《かか》わりのある女なのか……。
権兵衛は、想い巡らせた。だが、思い当たる女は浮かばなかった。

まあ、良い……。

権兵衛は、用人の白崎惣兵衛に逢いに堀田屋敷に向かった。

権兵衛は、式台脇の座敷に通され、出された茶を啜《すす》った。

「やあ。待たせたな……」

用人の白崎惣兵衛が現れ、権兵衛の前に座った。

「いえ……」

「さあて、黒崎権兵衛。仕官が叶《かな》うなら何でもすると云ったな」

「ええ……」

権兵衛は、薄く笑った。

「ならば、或《あ》る女から中井香伯と申す町医者の書き付けを奪い取って来てくれ」

「女から町医者中井香伯の書き付けを奪う……」

権兵衛は眉をひそめた。

「左様。女が抗《あらが》えば、斬り棄ててもな……」

白崎は、権兵衛を見据えて告げた。

「女を斬り棄て、中井香伯の書き付けを奪ってくれれば、堀田家への仕官、叶うのですな」

権兵衛は、白崎を鋭く見返した。

「うむ……」

白崎は頷いた。

「その女、何処の誰ですか……」

権兵衛は、旗本屋敷の路地から堀田屋敷を窺っていた武家の女を思い出した。

「伊勢町の辺りに住む沢村京《さわむらきょう》なる女だ」

白崎は告げた。

「伊勢町辺りに住む沢村京ですか……」

権兵衛は念を押した。

「うむ。沢村京なる女は、三年前に死んだ沢村弥十郎《やじゅうろう》と申す浪人の女房でな」

「浪人の沢村弥十郎……」

「うむ。沢村弥十郎、町医者中井香伯を殺したので、我らが成敗したのだが、殺した中井香伯から書き付けを奪っていたのが分かってな。沢村京の許《もと》に急いだのだが、沢村京、逸早《いちはや》く姿を消していたのだ」

白崎は、腹立たしげに告げた。

「で、漸《ようや》く伊勢町辺りに良く似た女がいると分かったか……」

権兵衛は読んだ。

「うむ」

白崎は頷《うなず》いた。

「分かった。その沢村京を捜し出し、亭主の沢村弥十郎が奪った中井香伯の書き付けを手に入れてくれれば良いのだな」

「如何《いか》にも……」

「それで、堀田家に仕官が叶うか……」

権兵衛は笑った。


堀田屋敷を出た権兵衛は、錦小路を外濠《そとぼり》に架かっている神田橋御門に向かった。

権兵衛は、神田橋御門前で振り返った。

編笠《あみがさ》を被《かぶ》った二人の武士が、素早く物陰に隠れた。

白崎配下の付き馬か……。

権兵衛は苦笑し、外濠沿いの道を鎌倉河岸に進んだ。

鎌倉河岸から日本橋の通りに進み、室町三丁目の浮世小路に曲がる。

その先に西堀留川があり、雲母橋が架かっていて伊勢町がある。

権兵衛は、雲母橋に佇《たたず》んで西堀留川の左右に連なる伊勢町を眺めた。

伊勢町に連なる様々な店には、西堀留川の船着場に着いた荷船から人足たちが荷を降ろし、運び込んでいた。

此《こ》の伊勢町の何処かに沢村京と云う女がいる……。

権兵衛は、伊勢町の木戸番屋に向かった。


「どうぞ……」

伊勢町の老木戸番の宇平《うへい》は、縁台に腰掛けている権兵衛に茶を差し出した。

「これは済まぬな。戴《いただ》く……」

権兵衛は、茶を飲んだ。

「いいえ。で、聞きたい事とは……」

宇平は、顔の皺《しわ》を深くして笑った。

小粒を握らせた甲斐《かい》があった……。

権兵衛は、腹の内で笑った。

「うむ。伊勢町に沢村京と云う女がいる筈《はず》なんだが、知っているかな」

「沢村京さんですか……」

「ああ……」

「お武家さまの御妻女ですか……」

宇平は眉《まゆ》をひそめた。

「そうだ」

「伊勢町にお武家さまのお屋敷はありませんので、お武家さまの御妻女は……」

宇平は、戸惑いを浮かべて首を捻《ひね》った。

「うむ。武家と云っても浪人。その後家さんだ」

「浪人の後家さんなら今は町方の形《なり》をしているかもしれませんね」

「ああ……」

「でしたら、おきょうさんって年増がいますが……」

「おきょう……」

権兵衛は眉をひそめた。

「ええ。雲母橋の北詰にお多福《たふく》って飲み屋がありましてね。そこの女将《おかみ》さんがおきょうさんって年増ですよ」

老木戸番の宇平は告げた。

「雲母橋の北詰のお多福……」

「ああ……」

「で、女将のおきょうか……」

「ええ……」

宇平は頷いた。

「よし。尋ねてみるか……」

権兵衛は、雲母橋の北詰にある飲み屋『お多福』に行ってみる事にした。

「処で父《と》っつあん、旗本の家来が二人、俺が何を尋ね、何処に行ったのか訊《き》きに来る筈だ」

「へえ、そうなんですかい……」

宇平は苦笑した。

「うむ。で、俺はおきょうと云う女を捜していて、父っつあんの知っているおきょうなら浜町堀は元浜町にいる筈だと、教えてやってくれないかな」

権兵衛は、笑顔で頼んだ。

「良いとも、お安い御用だ」

宇平は、悪戯《いたずら》をする子供のように笑った。

「よし。じゃあ、頼んだ」

権兵衛は、宇平に笑い掛けて木戸番屋から離れた。

宇平は、縁台に残された空の湯飲み茶碗《ぢゃわん》を片付け始めた。

四

木戸番屋を出た権兵衛は、辺りを見廻《みまわ》して浜町堀に向かった。そして、辻《つじ》を曲がって物陰に入り、来た道を窺《うかが》った。

付き馬の二人の武士が、老木戸番の宇平に駆け寄るのが見えた。

権兵衛は見定め、曲がった辻の物陰から見守った。

僅《わず》かな刻《とき》が過ぎた。

付き馬の二人の武士が、通りを足早に浜町堀に向かって行った。

権兵衛は、辻の物陰から見送って雲母橋に急いだ。

西堀留川の掘留の水面《みなも》は澱《よど》み、鈍色《にびいろ》に輝いていた。

権兵衛は雲母橋の北詰に佇み、伊勢町に連なる店を見廻した。

飲み屋のお多福……。

権兵衛は探した。

だが、昼間の飲み屋は暖簾《のれん》を出しておらず、『お多福』が何処かは分からなかった。

さあて、どうする……。

権兵衛は、辺りを見廻した。

酒屋の小僧が、店先の掃除をしていた。

権兵衛は、小僧に近付いた。

「小僧、この辺りにお多福という飲み屋があると聞いたが、知っているか……」

「はい。お多福なら三軒向こうのお店ですよ」

小僧は、三軒向こうの腰高障子を閉めた小さな店を指差した。

「忝《かたじけな》い。造作を掛けたな」

権兵衛は、小僧に礼を云って小さな店に向かった。

権兵衛は、腰高障子を閉めた小さな店の前に立った。

見覚えがある……。

権兵衛は、小さな店の軒下に立って辺りを見廻した。

見覚えのある景色だった。

雨宿り……。

権兵衛は気が付いた。

背後の腰高障子が開いた。

「あの……」

女の声がした。

権兵衛は振り向いた。

粋な形の年増の女将がいた。

「やあ。女将……」

権兵衛は笑い掛けた。

「あら、権兵衛さん……」

女将のおきょうは微笑んだ。

「過日は世話になったな……」

権兵衛は、女将のおきょうに誘《いざな》われて飲み屋『お多福』に入り、床几《しょうぎ》代わりの空き樽《だる》に腰掛けた。

「いいえ。どう致しまして……」

おきょうは板場に入り、茶を淹《い》れ始めた。

権兵衛は、狭い店の中を見廻した。

狭い店の中は掃除が綺麗《きれい》に行き届き、おきょうの人柄を偲《しの》ばせた。

「さあ。どうぞ……」

おきょうは、権兵衛に茶を差し出した。

「済まぬな。気遣い無用だ」

「いいえ。で、今日はお仕事でこちらに……」

「いや。雨宿りだ」

権兵衛は、茶を飲んだ。

「あら……」

おきょうは笑った。

「処で女将、沢村京さんだな……」

権兵衛は、女将を見詰めた。

「ええ……」

おきょうは、怪訝《けげん》な面持ちで頷《うなず》いた。

「やはりな……」

権兵衛は、堀田屋敷の前で見掛けた質素な形《なり》の武家の女がおきょうだったのに気が付いた。

「権兵衛さん、ひょっとしたら、堀田家の用人の白崎惣兵衛に堀田家に仕官を望むのなら、私を斬って来いと云われたんですか……」

おきょうは読んだ。

「うむ。女将《おかみ》の云う通りだ。良く分かったな」

権兵衛は頷いた。

「それはもう。私の亭主も同じ事を云われましてね」

おきょうは苦笑した。

「沢村弥十郎どのか……」

「御存知ですか……」

おきょうは、権兵衛を見詰めた。

「うむ。三年前、中井香伯と云う町医者を斬ったそうだな」

「ええ。中井香伯を斬れば堀田家に仕官する望みを叶《かな》えると……」

「町医者の中井香伯、何故に……」

権兵衛は尋ねた。

「中井香伯、堀田一学の弱味を握っていたのですよ」

「堀田一学の弱味……」

「ええ……」

「沢村どのは、中井香伯を斬った時、堀田一学の弱味を書いた書き付けを奪ったか……」

権兵衛は睨《にら》んだ
「ええ。己の身の安全を護《まも》る為に、中井香伯の診療覚書などを……」

沢村は、町医者中井香伯を斬り、書き付けではなく、診療覚書を奪い取っていたのだ。

「だが、堀田一学と白崎惣兵衛はそれに気が付かず、沢村どのを悪事を働いた者とし、家来たちに斬らせたか……」

権兵衛は読んだ。

「ええ。で、沢村は中井香伯の診療覚書などを私に預けて死んでいきました」

「で、女将は沢村の死を知り、逸早《いちはや》く姿を消したか……」

「ええ。診療覚書などを抱えて……」

おきょうは頷いた。

「して、その診療覚書には、堀田一学のどのような弱味が書かれているのだ」

権兵衛は尋ねた。

「堀田一学の毒薬が欲しいと云う手紙と、その毒薬を二歳年上の兄、当時の堀田家の主《あるじ》に盛って頓死《とんし》させ、家督を相続したと……」

おきょうは、冷ややかに告げた。

「堀田一学、当主だった兄に毒を盛って堀田家を我が物にしたか……」

権兵衛は、堀田一学が沢村京を殺そうとしている理由を知った。

「ええ……」

「実の兄に毒を盛るとは、堀田一学、人の道に外れた外道だな」

権兵衛は蔑《さげす》んだ。

「ええ……」

おきょうは、腹立たしげに頷いた。

「それにしても、何故に今なのだ」

「堀田一学、今も仕官を餌にして騙《かた》りを続け、浪人から金を巻き上げていると知り、白崎にちょいと脅しを掛けてやったんですよ」

おきょうは笑った。

「成る程、それ故か……」

「ええ。それで名無しの権兵衛さん、私を斬りますか……」

「いや。斬らぬ……」

「斬らない……」

おきょうは戸惑った。

「うむ。沢村京、捜し廻《まわ》り、辿《たど》り着いた時には既に姿を消していた」

権兵衛は苦笑した。

「権兵衛さん……」

「だから、暫くの間、姿を隠してくれ」

権兵衛は頼んだ。

「分かりました。じゃあ、ちょいと待って下さいな」

おきょうは、板場に入った。

「どうした……」

権兵衛は、怪訝な面持ちで待った。

「お待たせ致しました」

おきょうは、薄い油紙の包みを手にして戻って来た。

「じゃあ、これを……」

おきょうは、薄い油紙の包みを権兵衛に差し出した。

「これは……」

権兵衛は眉《まゆ》をひそめた。

「堀田一学が中井香伯に出した手紙と診療覚書ですよ」

「なに……」

権兵衛は、油紙を開けた。

中には古い手紙と診療覚書があった。

「堀田一学が兄に毒を盛り、堀田家を乗っ取った証拠か……」

「ええ。私を斬らなくても、それがあれば堀田家への仕官、きっと叶いますよ」

おきょうは笑った。

「そうだな。ならば沢村京、堀田一学の望み通り、死んで貰《もら》う……」

権兵衛は、不敵に云い放った。

旗本堀田屋敷は、静寂と緊張に満ちていた。

権兵衛は、奥の座敷に通されて用人の白崎惣兵衛が来るのを待った。

次の間などに人の気配が漂っていた。

権兵衛は、冷ややかな笑みを浮かべた。

「待たせたな」

用人の白崎惣兵衛が、三十歳半ばの小柄な武士と座敷に入って来た。

堀田一学……。

権兵衛は、頭を下げながら三十歳半ばの小柄な武士を堀田一学と睨んだ。

「黒崎、こちらは殿の一学さまだ」

白崎は、権兵衛に三十歳半ばの小柄な男を引き合わせた。

「黒崎権兵衛にございます」

「うむ……」

一学は、権兵衛に蔑むような眼を向けて頷《うなず》いた。

「して黒崎、沢村京は見付けたのか……」

白崎は尋ねた。

「はい……」

権兵衛は頷いた。

「そうか、見付けたか。して、首尾は……」

白崎は、身を乗り出した。

「指図通りに斬り棄てました」

権兵衛は告げた。

「斬り棄てた証拠、あるのか……」

一学は、嗄《しわが》れ声で尋ねた。

「沢村京を斬り棄てて手に入れた中井香伯の書き付け、診療覚書です」

権兵衛は、診療覚書を差し出した。

白崎は、診療覚書を受け取って中を検《あらた》めた。

「どうだ、白崎……」

一学は、嗄れ声に苛立《いらだ》ちを滲《にじ》ませた。

「本物です。本物に相違ありません」

白崎は、中井香伯の診療覚書を渡した。

「うむ……」

一学は、厳しい眼差《まなざ》しで診療覚書を検めた。

「白崎さま、これで私の堀田家仕官の願いは叶《かな》いますな」

権兵衛は、白崎に笑い掛けた。

「殿……」

白崎は、一学に指示を仰いだ。

「斬れ。沢村京なる女を斬った此《こ》の無頼の浪人を成敗致せ」

一学は、嗄れ声を引き攣《つ》らせた。

次の間や廊下から家来たちが現れ、権兵衛を取り囲んだ。

「こうして沢村弥十郎も始末したか……」

権兵衛は、冷笑を浮かべた。

「何だと……」

一学は、微《かす》かな戸惑いを過《よぎ》らせた。

「堀田一学、お前が町医者中井香伯に出した兄上に盛る毒薬の調達を願う手紙が残っているのを忘れるな……」

権兵衛は、一学を厳しく見据えた。

家来たちは驚いた。

「斬れ。斬り棄てい……」

一学は、嗄れ声を震わせた。

家来たちは、慌てて刀を抜いた。

「よし。前の殿、兄上に毒を盛って頓死《とんし》させた人の道を踏み外した外道を殿と仰ぎ、加担する者には容赦はしない」

権兵衛は立ち上がり、家来たちを見廻《みまわ》した。

家来たちは狼狽《うろた》えた。

「斬れ。此の無頼の浪人を斬り殺せ……」

一学は怒鳴った。

数人の家来が，権兵衛に斬り掛かった。

権兵衛は、抜き打ちの一刀を放ち、縦横に閃《ひらめ》かせた。

数人の家来が倒れた。

「外道に尽くす忠義を持ち合わせぬ者は、刀を引け……」

権兵衛は、残る家来たちを見廻した。

残る家来たちは、激しく狼狽えて後退《あとじさ》りをした。

「どうした、斬れ、斬り棄てろ」

一学と白崎は、焦りを浮かべて家来たちを怒鳴った。

「黙れ……」

権兵衛は、一学と白崎に迫った。

「お、おのれ……」

白崎は刀を抜いた。

刹那《せつな》、権兵衛は刀を一閃《いっせん》した。

煌《きら》めきが瞬いた。

白崎は、首を斬られて血を飛ばした。

権兵衛は、返す刀で堀田一学を真っ向から斬り下げた。

一学は額を斬られ、呆然《ぼうぜん》とした面持ちで倒れた。

権兵衛は、刀を一振りした。

鋒《きつさき》から血が飛んだ。

家来たちは、言葉もなく権兵衛を見守った。

「外道は始末した。おぬしたちは、堀田家の者と早々に相談し、一学の急な病での死と家督を継ぐ者を公儀に急ぎ届け出るのだな。さもなければ、堀田家は取潰《とりつぶ》し、おぬしたちは浪人となる」

権兵衛は冷笑した。

家来たちは、狼狽え騒《ざわ》めいた。

権兵衛は、家来たちに告げて座敷を出た。

家来たちは、左右に分かれて道を空けた。

権兵衛は、油断なく家来たちの間を進んで式台に向かった。


旗本堀田家は、当主の一学の急な病死届と、幼い嫡男の家督相続願いを公儀に差し出した。

南町奉行所吟味方与力秋山久蔵は、評定に出席して堀田一学の仕官を餌にして浪人たちに騙《かた》りを仕掛けていた事実を報《しら》せた。

旗本堀田家は知行を半減されたが、家名断絶は免れた。

旗本堀田一学は、何者かに斬られて死んだ。

噂は江戸の町に広がった。


権兵衛は、日本橋を下りて通りを八つ小路に向かっていた。

「あら、名無しの権兵衛の旦那《だんな》……」

粋な形《なり》の年増が浮世小路から現れ、権兵衛を呼び止めた。

権兵衛は振り返った。

「お久し振りです」

おきょうが駆け寄って来た。

「うむ……」

「噂は聞きました。ありがとうございました」

おきょうは、権兵衛に頭を下げた。

「礼は無用。外道は斬るのみ。女将《おかみ》には拘《かか》わりのない事だ」

権兵衛は，冷ややかに云い放って歩き出した。

「権兵衛さん……」

おきょうは、戸惑いを浮かべて見送った。

権兵衛の姿は、行き交う人混みに紛れて見えなくなっていった。

名無しの権兵衛……。

おきょうは立ち尽くした。

第四話　妖怪《ようかい》黒法師

一

本郷北ノ天神真光寺裏にある空き地の前には、山門に板を罰印に打ち付けられた廃寺があった。

廃寺は、悪辣《あくらつ》な金貸しの金主をしていて僧籍を剝奪《はくだつ》され、死罪の刑に処せられた妙海が住職をしていた香済寺だ。

寺社奉行の監視下に置かれた香済寺は、やがて廃寺と決まり、取壊しの時を待っていた。

取壊しと決まった香済寺は、庭木の枝葉が鬱蒼《うっそう》と繁り、雑草が伸び放題に荒れていた。

昼間でも薄暗い香済寺は、夜になると梟《ふくろう》の鳴き声の響く不気味な廃寺となり、人は寄り付かず、どうしても傍を通らなければならない者は小走りに駆け抜けていた。

そして今、界隈《かいわい》の若い者たちは、肝試しの場として香済寺に秘《ひそ》かに出入りし始めていた。


夜廻《よまわ》りの木戸番の打つ拍子木の音は、本郷菊坂町《きくざかまち》の夜空に甲高く響いていた。

菊坂町の木戸番の善八《ぜんぱち》は、拍子木を打ち鳴らしながら香済寺の近くにやって来た。

獣の断末魔の悲鳴が、不意に夜空に響いた。

善八は立ち止まり、香済寺の崩れ掛かった古土塀沿いの道の闇を透かし見た。

人影が古土塀の崩れ掛かった処から現れ、闇を揺らして道に崩れ落ちた。

えっ……。

善八は、恐る恐る香済寺の古土塀沿いの道に提灯《ちょうちん》を翳《かざ》した。

古土塀の下には、派手な半纏《はんてん》を着た若い男が身体を捻じ曲げて倒れていた。

「も、もし……」

善八は、腰を引きながら声を掛けた。

若い男は返事をしなかった。

「もし。そこの人……」

善八は、僅《わず》かに近付いた。

若い男は眼を瞠《みは》り、口元から血を滴り落として死んでいた。

「うわあ……」

善八は、激しく驚き、慌てて呼子笛を吹き鳴らした。

呼子笛の音は、夜空を切り裂くように響き渡った。


神田明神の参道の左右には露店が並び、参拝客が買い物などを楽しんでいた。

権兵衛は、本殿に手を合わせて境内の隅の茶店に進み、亭主に茶を頼んで縁台に腰掛けた。

「聞きましたか、噂……」

隣にいた長次が、茶を啜《すす》りながら話し掛けた。

「噂。どんな噂だ……」

権兵衛は、境内の賑《にぎ》わいを眺めた。

「本郷は北ノ天神真光寺の裏にある寺……」

てね」


権兵衛は、己が葬った坊主の妙海が住職だった寺を忘れていなかった。

「ええ。廃寺が決まり、取壊しを待っているんですが、かなり荒れ果てたそうでし
「だろうな……」、
権兵衛は頷《うなず》いた。

「おまちどおさま……」

亭主が、権兵衛に茶を持ってきた。

「うむ……」

権兵衛は、茶を受け取って飲んだ。

「して、何があった」

権兵衛は尋ねた。

「昨夜、崩れ掛けた古土塀沿いの道で、若い博奕打《ばくちう》ちの死体が見つかりましてね」

長次は囁《ささや》いた。

「若い博奕打ちの死体……」

権兵衛は眉《まゆ》をひそめた。

「ええ。刺されたり斬られたりした傷は勿論《もちろん》、首を絞められた痕跡《こんせき》もなく殺されていた……」

長次は、権兵衛の反応を窺《うかが》いながら告げた。

「今の処、死因は分からぬか……」

「はい。頭の後ろに殴られたような痕があるぐらいで。で、界隈では、香済寺に肝試しに入った馬鹿な若い博奕打ちが、棲《す》み着いている妖怪の黒法師に呪い殺され、叩《たた》き出されたと、専らの噂でして……」

「妖怪の黒法師か……」

「ええ。妖怪黒法師の祟《たた》りだと……」

長次は苦笑した。

「長次、妖怪黒法師の祟りの一件。逃げている香済寺の寺男の平吉は絡んでいないかな」

権兵衛は尋ねた。

「今の処、平吉らしい男、噂には現れちゃあいません」

「そうか。して香済寺、今はどうなっている」

「妖怪見たさの物好きな者たちで、夜は賑わっているそうですよ」

「そいつは面白い……」
権兵衛は、楽しげに笑った。
香済寺の山門は、板が罰印に打ち付けられていた。
権兵衛は眺めた。
山門の奥の境内には、木々の枝葉が好き勝手に繁り、雑草が生い茂っている。
人が住まず、手入れをしないと、数ヶ月でこうなるか……。
権兵衛は、木々が手入れされ、境内の掃除が行き届いてた香済寺を思い出した。
寺男の平吉の仕事は、見事なものだった。
権兵衛は苦笑し、横手の古土塀の道に向かった。

古土塀沿いの道は、落ち葉が重なっていた。
権兵衛は、落ち葉を踏み締めて古土塀の崩れ掛けた処に来た。
若い博奕打ちは、古土塀の崩れ掛けた処から出て来て死んだ。
権兵衛は、辺りを見廻《みまわ》した。
古土塀沿いの道には落ち葉が重なり、崩れ掛けから見える香済寺の境内は薄暗かった。

よし……。

権兵衛は、古土塀の崩れ掛けた処から香済寺の境内に入った。

木々の枝葉は鬱蒼《うっそう》と繁り、雑草は傍若無人に生い茂っていた。

権兵衛は、目の前にある本堂裏の家作に向かった。

妙海の用心棒の村井新八郎が住んでいた家作は雨戸や畳が外され、草の生えた家の中が見通せた。

権兵衛は、家作を眺め、雑草を掻《か》き分けて本堂に進んだ。

本堂は、住職の妙海が経を読んでいた頃とは違い、格子戸は外れ、蔦《つた》が絡んでいた。

権兵衛は、雑草に覆われた階《きざはし》を上がり、本堂に踏み込んだ。

暗い本堂は黴臭《かびくさ》く、床板は激しく軋《きし》んだ。

妖怪《ようかい》黒法師の棲処《すみか》らしい……。

権兵衛は苦笑し、本堂を見廻した。

祭壇に並んでいた仏像は、その殆《ほとん》どが既に持ち出され、隅に一尺程の古い木彫りの観音像だけが残されていた。

権兵衛は、床板を軋ませて奥の廊下に進んだ。

廊下は冷え冷えとしており、連なる座敷の襖《ふすま》や障子は破け、閉められた雨戸の隙間や節穴から差し込む日差しが僅かな明かりだった。

権兵衛は、連なる座敷を覗《のぞ》きながら廊下を進んだ。

連なる座敷は畳が上げられ、人が隠れ住んでいる痕跡はなかった。

権兵衛は、座敷の連なる方丈の廊下を進んだ。

方丈の先には庫裏がある。

権兵衛は、庫裏に進んだ。

床板が軋んだ。

庫裏から物音がした。

誰かいる……。

権兵衛は、庫裏に走って板戸を開けた。

権兵衛は、庫裏に踏み込んだ。
庫裏は薄暗く、誰もいなかった。権兵衛は、囲炉裏に近付いて掌を灰の上に翳《かざ》した。
囲炉裏の灰は、僅かに温かかった。
やはり誰かがいた……。
権兵衛は見定めた。
おそらく、その誰かは踏み込んで来た者が何者か見届けようとしている筈《はず》だ。
権兵衛は、腰高障子に忍び寄って外を窺った。
腰高障子の外に人気は窺えなかった。
権兵衛は、腰高障子を開けた。
腰高障子は、音を立てて開いた。
背の高い雑草が、腰高障子の前を塞《ふさ》いでいた。
権兵衛は、背の高い雑草を踏み付けて油断なく外に出て、辺りを窺った。
庫裏の周囲には、人の潜んでいる気配はなかった。
退《ひ》き上げたか……。

権兵衛は見定め、庫裏に戻った。
庫裏の土間の竈《かまど》の灰は、固まってはいなく柔らかかった。
灰は刻《とき》が経てば固くなる……。
権兵衛は、何者かが庫裏に潜んでいたと睨《にら》んだ。
誰が何が目的で……。
ひょっとしたら、寺男の平吉が隠れ住んでいたのかもしれない。
平吉にとって廃寺となった香済寺は、勝手知った都合の良い隠れ家なのかもしれない。
だが、肝試しで入って来た博奕打《ばくちう》ちに見付かった。
平吉は、博奕打ちを殺して口を封じた。
そして、香済寺に妖怪の黒法師が潜んでいるとの噂が立った。
それにしても、平吉は何故に香済寺に戻って来たのか……。
それとも、庫裏に潜んでいる者は、平吉ではないのかもしれない。
ならば何者だ……。
何れにしろ、潜んでいる者と妖怪騒ぎは拘《かか》わりがあるのか……。

権兵衛は読んだ。

腰高障子に映る雑草の影が風に揺れた。

本郷菊坂町の通りには、様々な店が軒を連ねている。

長次は、米屋、油屋、酒屋など毎月欠かさずに買わなければならない物の店を訪れた。

「香済寺の平吉さんですか……」

米屋の手代は首を捻《ひね》った。

「うん。近頃、界隈《かいわい》で見掛けなかったかな」

長次は尋ねた。

「あの、平吉さんはあの騒ぎでお縄になったんじゃあないのですか……」

米屋の手代は訊《き》き返した。

「いや。平吉、どうにか逃げたらしくてね」

「そうなんですか……」

米屋の手代は、平吉を見掛けてはいなかった。

長次は、続いて油屋や酒屋の奉公人たちに聞き込みを続けた。

だが、香済寺の寺男だった平吉を見掛けた者はいなかった。

夜。

菊坂町の辻《つじ》には、夜鳴蕎麦《そば》屋台が店を開いた。

「父《と》っつあん、蕎麦を貰《もら》おうか……」

権兵衛は、夜鳴蕎麦屋の老亭主に注文した。

「へい。只今《ただいま》……」

老亭主は、女房と思われる老婆と蕎麦を作り始めた。

香済寺の本堂の屋根は、黒い影となって夜空に浮かんでいた。

「はい。おまちどおさま」

老亭主は蕎麦を差し出した。

「おう……」

権兵衛は、蕎麦を手繰り始めた。

老亭主と老妻は、各々の遣《や》る事と手順が決まっているのか、黙々と仕事をしていた。

おそらく、長年連れ添った仲の良い老夫婦なのだ。

権兵衛は読んだ。

「父っつあん、酒を呉《く》れ」

二人の若い武士と遊び人が訪れた。

「へい。只今……」

老亭主は、三つの湯飲み茶碗《ぢゃわん》に酒を満たして差し出した。

二人の若い武士と遊び人は、湯飲み茶碗の酒を飲み干した。

「よし。行くぞ……」

二人の若い武士と遊び人は、酒代を払って香済寺に向かった。

「ありがとうございました」

老妻は見送った。

「妖怪《ようかい》見物か……」

権兵衛は、老亭主に笑い掛けた。

「ええ。御弓町《おゆみちょう》の旗本御家人の倅が景気付けに一杯引っ掛けたんでしょう」

老亭主は苦笑した。

「多いのか、ああ云う連中……」

「ええ……」

「お陰で大儲《おおもう》けだな」

「ええ。妖怪黒法師、様々。酒はいつもの倍以上に売れていますよ」

老亭主は、嬉《うれ》しげに笑った。

「そいつは何より。して、父っつあんは妖怪の黒法師を見たのかな」

「いいえ。桑原くわばら、あっしはそんな物好きじゃありませんよ」

老亭主は眉《まゆ》をひそめた。

老妻は、権兵衛と老亭主の話を微笑んで聞いていた。

「そうか。美味かったよ」

権兵衛は、蕎麦を食べ終えてお代を払った。

「ありがとうございました」

「お気を付けて……」

老妻は、権兵衛に微笑んだ。

「うん。じゃあな……」

権兵衛は、夜鳴蕎麦屋の老夫婦に見送られて香済寺に向かった。

香済寺は夜の闇に沈んでいた。

権兵衛は、香済寺の山門前から横手の土塀沿いの道に廻《まわ》った。
暗い土塀沿いの道には、二人の武士と遊び人の姿が見えた。
景気付けに酒を引っ掛けた者たち……。
権兵衛は、暗がりから見守った。
二人の若い武士と遊び人は、土塀の崩れ掛かった処から香済寺の境内に入って行った。
権兵衛は、土塀沿いの道を走り、崩れ掛かった処から境内を覗《のぞ》いた。
木々の枝葉が繁り、雑草の生い茂った境内は暗かった。
二人の若い武士と遊び人が、境内の奥に進んで行くのが見えた。
さあて、妖怪黒法師は現れるのか……。
権兵衛は、境内に入って二人の若い武士と遊び人を追った。
香済寺の境内は、青白い月明かりを浴びて虫の音に満ちていた。
権兵衛は、背の高い雑草の中を本堂に向かう二人の若い武士と遊び人を追った。
不意に虫の音が消えた。

境内は、底知れぬ静寂に包まれた。
権兵衛は、枝葉の繁る木の陰から雑草の中を行く二人の若い男と遊び人を見守った。
二人の若い武士と遊び人は、音のない中をゆっくりと階《きざはし》を上がって本堂の中に入った。
音のない光景は、異様で不気味だった。
権兵衛は、異様で不気味な光景に見惚《みと》れた。
刹那《せつな》、男たちの悲鳴が上がった。
本堂だ……。
権兵衛は我に返り、男たちの悲鳴が上がった本堂に走った。
遊び人が血相を変え、狂ったような喚き声を上げて本堂から階を転げ出て来た。
そして、権兵衛を突き飛ばす勢いで雑草の中を駆け去った。
妖怪黒法師か……。
権兵衛は見送り、本堂に向かった。
本堂には、青白い月光が差し込んでいた。

権兵衛は本堂に踏み込み、凝然と立ち尽くした。
本堂の床には、倒れている二人の若い侍が倒れていた。
権兵衛は、倒れている二人の若い武士の生死を見定めようとした。
二人の若い武士は、血反吐《ちへど》を吐いて死んでいた。
権兵衛は、素早く身構えて暗い本堂を鋭く見廻《みまわ》した。
一尺程の古い木彫りの観音像だけがある祭壇の裏で微《かす》かな物音がした。
権兵衛は、刀の鯉口《こいぐち》を斬った。
刹那、背後に殺気を感じた。
権兵衛は、咄嗟《とっさ》に身を投げ出した。
掛矢が背後から唸《うな》りを上げて権兵衛のいた処を過《よぎ》った。
権兵衛は、掛矢を振るった者を見た。
再び掛矢を振り翳《かざ》す黒い男がいた。
妖怪黒法師……。
権兵衛は、素早く片膝《かたひざ》付きになって刀を抜き放った。
掛矢を持った黒頭巾《くろずきん》の男は、黒合羽《くろガッパ》を翻して本堂を飛び出した。
権兵衛は、立ち上がった。

やはり黒頭巾に黒合羽の男が祭壇の裏から現れ、方丈の廊下に走った。
妖怪黒法師は二人だった……。
権兵衛は、方丈の廊下に逃げた妖怪黒法師を追った。
妖怪黒法師は、方丈の廊下の外れた雨戸から境内に逃げた。
権兵衛は追った。
あのままいたら後頭部を掛矢で粉砕された。
権兵衛は、二人の若い武士は、後頭部を掛矢で粉砕されて殺されたのに気が付いた。
「おのれ……」
権兵衛は、雑草の生い茂る境内から古土塀の崩れから外に逃げた黒法師を追った。
妖怪黒法師は、黒い合羽を翻して夜道を逃げた。
権兵衛は追った。
黒法師は、家並みの角を曲がった。
刹那、女の悲鳴が上がった。

権兵衛は、黒法師を追って角を曲がった。

夜鳴蕎麦屋《そばや》の屋台があり、老亭主が倒れている老妻に縋《すが》り付いていた。

「おまき、おまき……」

「どうした、父《と》っつぁん」

「おまきが、おまきが突き飛ばされて……」

老亭主は、激しく狼狽《うろた》えていた。

権兵衛は、倒れている老妻おまきの様子を見た。

おまきは、か細い息を微かにしていた。

「おまきは、心の臓が悪くて……」

老亭主は、哀しげに声を震わせた。

「よし。医者に運ぼう」

権兵衛は、おまきを背負った。

二

世間が妖怪《ようかい》黒法師と呼ぶ者は、忍び込んで来た者の後頭部を掛矢で殴り殺す黒頭巾に黒合羽を纏《まと》った二人の男だった。

権兵衛は、妖怪がどのような者か見届けた。

黒頭巾に黒い合羽を纏った者は、人を殺して迄《まで》も香済寺で何をしているのか……。

妖怪黒法師は二人だけなのか……。

権兵衛は眉《まゆ》をひそめた。

何れにしろ、妖怪黒法師は香済寺から消え、妖怪見物に来る者は途絶えた。

権兵衛は、黒法師たちが香済寺で何をしているのか見定めようとした。

本郷の香済寺から谷中は遠くはない。

寺男の平吉が、博奕《ばくち》を打つなら谷中の寺の賭場《とば》に出入りするかもしれない。

長次は、谷中の寺の賭場を当たった。

「平吉さんですか……」

二軒目の賭場の博奕打ちは、平吉を知っていた。

「ああ、寺男の平吉だ」

長次は念を押した。

「じゃあ、違うかな。あっしの知っている平吉さんは、軽業の平吉さんですぜ」

博奕打ちは戸惑った。

「軽業の平吉……」

「ええ。元軽業師の平吉さん、尤《もっと》も今は軽業師は辞めて大名や旗本屋敷の渡り中間なんかをしているそうですがね」

「渡り中間……」

長次は、平吉が渡り中間として大名屋敷に潜り込んでいたのを思い出した。

どうやら軽業の平吉は、寺男の平吉に間違いないようだ。

長次は見定めた。

「で、その軽業の平吉、今夜は来ちゃあいないんだな」

「ええ。平吉さん、ちょいと負けが込んでいて。次に来る時は、借金を返すと貸元と約束をしていましてね」

「借金を返すか……」

「ええ。そいつが工面出来ないんでしょうね」

博奕打ちは苦笑した。

「平吉、借金を返す当てがあるのかな……」

「あるんじゃあないですか。そろそろお宝を持ち出すか、なんて云っていましたから……」

「お宝だと……」

長次は眉をひそめた。

「ええ……」

博奕打ちは頷《うなず》いた。

寺男の平吉は、纏《まと》まった金があるような事を云っていたのだ。

どう云う金だ……。

長次は読んだ。

「黒頭巾に黒い合羽を纏った男……」

長次は眉をひそめた。

「ああ。背後から忍び寄り、掛矢で頭を殴って殺していた」

権兵衛は告げた。

「掛矢で頭を……」

長次は、身震いした。

「ああ……」

権兵衛は頷いた。

「成る程。そいつが香済寺に潜んでいる妖怪ですか……」

「ああ。妖怪黒法師。昨夜、現れたのは二人だが、何人いるのか……」

権兵衛は苦笑した。

「それにしても黒法師、廃寺の香済寺に何しに現れているのか……」

長次は、首を捻《ひね》った。

「うむ。して長次、平吉の手掛かり。何か摑《つか》めたか……」

権兵衛は尋ねた。

「ええ。らしい男、漸《よう》く浮かびましたよ」

長次は、笑みを浮かべた。

「どんな奴だ」

「谷中の賭場に現れる野郎でしてね。元軽業師の平吉。今は渡り中間なんかをしているそうですぜ」

「元軽業師の平吉か……」

「ええ。博奕打ちの貸元に借金の返済を迫られ、そろそろお宝を持ち出すかなんて云っていたそうです」

「お宝……」

権兵衛は眉をひそめた。

「ええ。金の事でしょうね」

長次は読んだ。

「金か……」

「ええ……」

長次は頷いた。

「そうか……」

権兵衛は、ある事に気が付いた。

「旦那《だんな》、何か……」

長次は、権兵衛に怪訝《けげん》な眼を向けた。

「うむ。長次、香済寺の住職妙海は死んだ時、百両程の金を持っていた……」

「金貸し藤兵衛の金主としては、思った程の金額ではなかった」

「はい……」

権兵衛は読んだ。

「じゃあ……」

長次は眉をひそめた。

「おそらく、妙海は香済寺に藤兵衛の金主として儲《もう》けた金の殆《ほとん》どを隠して死んだのかもしれない……」

権兵衛は、読みを続けた。

「ええ……」

長次は、喉《のど》を鳴らして頷いた。

「平吉のお宝は、その金だろう」

権兵衛は睨《にら》んだ。

「あっしもそう思います」

「で、取り出しに来た処、廃寺と決まった香済寺は荒れ果て、何処に何があったのか良く分からなくなっており、妖怪《ようかい》が現れると、物好きな者共が出入りしていた」

「それで、妖怪黒法師が現れて出入りする者を殺し、誰も近付かないようにしようとしましたか……」

長次は読んだ。

「おそらくな……」

権兵衛は頷いた。

「それにしても、妙海の生臭坊主。死んでも面倒を残しやがって……」

長次は、腹立たしげに罵《ののし》った。

「所詮《しょせん》、外道は死んでも外道だ……」

権兵衛は苦笑した。

「はい。で、どうします」

「うん。俺が知る限り、妖怪黒法師は二人いるが、他にも仲間がいるのかもな」

権兵衛は読んだ。

「どんな奴らですかね」

長次は首を捻った。

「ひょっとしたら、軽業師時代の仲間かもしれないな」

権兵衛は睨んだ。

「そうか……」

「よし。長次は引き続き平吉を追ってくれ。俺は香済寺を調べ、黒法師を捜してみる」

権兵衛は、不敵な笑みを浮かべた。


権兵衛は、菊坂町にある町医者を訪れた。

町医者は、夜鳴蕎麦《そばや》屋の老妻おまきを老亭主と一緒に担ぎ込んだ処だった。

「おお。お侍……」

町医者は、権兵衛を迎えた。

「夜鳴蕎麦屋のおかみさん、どうなりました」

権兵衛は、診察の結果を聞かず、妖怪黒法師捜しに走ったのだ。

「それが、おかみさん、気の毒に息を引き取りましたよ」

夜鳴蕎麦屋のおかみさんは死んでいた。

「死んだ……」

権兵衛は眉《まゆ》をひそめた。

「うむ。心の臓が悪かったそうでな。黒法師に驚き、強く突き飛ばされて倒れたのが命取りになったようだ」

町医者は哀れんだ。

「そうでしたか……」

「うむ……」

「ならば、夜鳴蕎麦屋の老亭主、名は……」

「仙八《せんぱち》さんとか云ったな」

夜鳴蕎麦屋の老亭主の名は仙八……。

権兵衛は知った。

「ならば、仙八さんの家が何処かは……」

「菊坂臺町《きくざかだいまち》だと聞いたが……」

「そうですか……」

妖怪黒法師に殺された者は、香済寺に踏み込んで来た者以外にも出たのだ。

それも、拘《かか》わりのない心の臓の悪い老婆が……。

権兵衛は、怒りを覚えた。

本郷菊坂臺町にある古長屋に、夜鳴蕎麦屋の仙八おまきの老夫婦の家はあった。

権兵衛が訪ねた時、老妻おまきの細《ささ》やかな弔いは終え、老亭主の仙八は埋葬した寺に行ったままだった。

老妻おまきを埋葬した寺は、近くの大善寺《だいぜんじ》だった。

権兵衛は、大善寺に向かった。


大善寺の墓地の片隅に真新しい墓標があり、夜鳴蕎麦屋の老亭主仙八が蹲《うずくま》ってい
た。

「仙八さん……」

権兵衛は、蹲っている仙八に声を掛けた。

「お侍さん……」

仙八は、権兵衛に泣き腫《は》らした眼を向けた。

「墓参りをさせて貰《もら》うぞ」

「ありがとうございます」

仙八は退《の》けた。

権兵衛は、墓の前に進んで手を合わせた。

「あっしは若い頃からいろいろありましてね。おまきはそんなあっしを見棄てず、
ずっと一緒にいてくれましてねえ……」

仙八は、嗄《しわが》れ声を震わせた。

「苦労を掛けっぱなしで……」

仙八は、鼻水を啜《すす》った。

「そうか……」

黒法師は、仙八おまきの老夫婦の長い生活を不意に終わらせた。

権兵衛は、その理不尽さに怒った。

「平吉の野郎、必ずおまきの恨みを晴らしてやる」

仙八は、老顔に怒りを滲《にじ》ませた。

「平吉だと……」

権兵衛は眉をひそめた。

「ええ。おまきを突き飛ばした黒法師、野郎の頭巾《ずきん》がずれて見えた顔は、香済寺の寺男だった平吉って野郎だ」

仙八は告げた。

「仙八さんは、平吉を知っているのか……」

「ああ。以前は時々、屋台に蕎麦《そば》を食べに来ていたから……」

「そうか。ならば、平吉の顔を見間違える事はないか……」

「仙八さん、平吉は俺が斬る。仙八さんは残る生涯、おまきさんの菩提《ぼだい》を弔うのだ」

「あぁ……」

「お侍さん、お前さんは……」

「俺か、俺は名無しの権兵衛だ」

権兵衛は、不敵な笑みを浮かべた。


香済寺は静寂に沈んでいた。

権兵衛は、古土塀の崩れから境内に入り込んだ。

木々の枝葉は繁り、雑草は生い茂り、本堂や方丈、庫裏は荒れ果てていた。

此《こ》の何処かに妙海の隠した金がある……。

権兵衛は、香済寺を眺めた。

平吉は、妖怪《ようかい》黒法師に姿を変えて既に探し始めている。そして、今も黒法師になっている処をみると、妙海の隠した金は未《ま》だ見付けてはいないのだ。

住職だった妙海が隠したとなれば、先ずは方丈の己の座敷だ。

権兵衛は、方丈に向かった。

方丈は、畳が上げられて根太板が露《あら》わになり、押入れや棚も襖《ふすま》や戸が外されていた。
権兵衛は、座敷を見廻《みまわ》して平吉が検《あらた》めた痕跡《こんせき》を探した。
畳の上げられた根太板の上には僅《わず》かな泥が零《こぼ》れていた。
権兵衛は、根太板を剝《は》がして地面を覗《のぞ》いた。
根太板の下の地面は、掘り返されていた。
やはり……。
平吉は、縁の下は掘り返していた。
だが、縁の下に金は隠されていなかった。
権兵衛は見定めた。
ならば……。
権兵衛は、戸棚の中を検めた。
戸棚の中は何もなく、二重底などの細工はされていなかった。
床や床柱にも仕掛けはない。
権兵衛は、続いて押入れの中を調べた。
押入れの中にも仕掛けはなく、床板も釘《くぎ》で打ち付けられていた。

残るは天井裏……。

権兵衛は、長押《なげし》に跳んで天井板を押し開け、天井裏を覗き込んだ。

天井裏は蜘蛛《くも》の巣と土埃《つちぼこり》に溢《あふ》れ、変わった物も様子もなかった。

権兵衛は、天井板を元に戻して長押から下りた。

住職の妙海が使っていた座敷には、金やお宝は無論、仕掛けも何もなかった。

此処《ここ》にはない……。

妙海が隠した金は、此処にはなくて香済寺の他の場所にあるのだ。

さあて、そいつは何処だ……。

権兵衛は苦笑した。


両国広小路には露店や見世物小屋が連なり、多くの客で賑《にぎ》わっていた。

長次は、軽業一座の筵掛《むしろが》けの小屋を訪れた。

「元軽業師の平吉……」

軽業一座の座頭は眉《まゆ》をひそめた。

「ええ。座頭は御存知ありませんかい……」

長次は尋ねた。

「知っているよ、平吉なら……」

座頭は頷《うなず》いた。

「今、何処にいるかは……」

長次は、座頭を見据えた。

「そいつは知らねえが、何処かの大名旗本屋敷で中間か、寺で寺男をしているか、町奉行所の手の及ばねえ処にいる筈《はず》だぜ」

座頭は苦笑した。

「平吉、どんな軽業師だったのかな」

長次は訊《き》いた。

「平吉は、軽業師と云うより盗人《ぬすっと》でね。飛んだり跳ねたりが得意で、何処にも身軽に忍び込む奴だぜ」

座頭は蔑《さげす》んだ。

「で、平吉に親しい仲間はいないのかな」

「いるよ。百人力の源助《げんすけ》と綱渡りの市松《いちまつ》なんかと連《つる》んでいる筈だぜ」

「百人力の源助……」

「ああ。掛矢を棒のように軽々と振り廻す力持ちだぜ」

「掛矢をねえ……」

長次は、掛矢で頭を一撃して殺す妖怪黒法師を源助だと読んだ。

「ああ。百人力は大袈裟《おおげさ》だが、十人力は間違いねえ」

「その源助は何処にいるのかな」

「確か根津権現《ねづごんげん》の隣の掛川《かけがわ》藩の江戸下屋敷で中間をしているって聞いたぜ」

座頭は笑った。

「掛川藩の江戸下屋敷……」

長次は、百人力の源助から平吉に辿《たど》り着こうと考えた。

三

方丈の座敷に金は隠されていなかった。

平吉が探し続けているなら、寺男の居場所である庫裏ではない。

庫裏なら妙海が隠した時、狡猾《こうかつ》な平吉が気が付かない筈はないのだ。

権兵衛は読み、本堂に向かった。

本堂は薄暗く、祭壇には一尺程の古い木彫りの観音像だけがあった。

さあて、何処から探すか……。

権兵衛は、本堂の中を見廻した。

坊主の妙海が、本堂の高い天井裏や高床の縁の下に金を隠せる筈はない。

妙海が隠せる場所は、おそらく祭壇の中だけだ。

だが、祭壇の中は、既に平吉たちが調べた筈だ。

他に金を隠す場所となると……。

権兵衛は、本堂の隅から隅を検め始めた。


両国広小路から柳原通りを進み、八つ小路から神田川に架かっている昌平橋を渡る。そして、明神下の通りを不忍池に出て畔《ほとり》を根津権現に向かう。

長次は、根津権現の裏手から隣の掛川藩江戸下屋敷の前に進んだ。

掛川藩江戸下屋敷は表門を閉じ、ひっそりとしていた。

此処に、平吉の仲間の百人力の源助が渡り中間としている筈だ。

長次は、百人力の源助から平吉に辿り着くつもりだ。

よし……。

先ずは、百人力の源助が渡り中間としているかどうか見定める。

長次は、掛川藩江戸下屋敷を窺《うかが》った。

掛川藩江戸下屋敷は、出入りする者もなく静寂に沈んでいた。

香済寺の本堂の何処にも、妙海が隠した金はない……。

権兵衛は見定めた。

どうやら妙海は、香済寺の本堂、座敷、庫裏などに金を隠していないのだ。

平吉は、その辺りをどう考えているのだ。

権兵衛は、平吉の出方を見定める事にした。

陽は大きく西に傾いた。

長次は、掛川藩江戸下屋敷の向かい側の旗本屋敷の中間頭に金を握らせた。

「源助って渡り中間……」

旗本屋敷の中間頭は、長次に渡された金を握り締めた。

「ああ。掛川藩の下屋敷にいないかな」

長次は、掛川藩江戸下屋敷を眺めながら尋ねた。

「いるぜ、源助って渡り中間……」

中間頭は頷いた。

「いるかい……」

「ああ。力自慢の野郎だぜ」

「力自慢……」

「ああ。十人力だと抜かしていやがる」

中間頭は苦笑した。

「そうか……」

百人力の源助に違いない……。

長次は、旗本屋敷の中間長屋の武者窓から掛川藩江戸下屋敷を眺めた。


夕暮れ時が訪れた。

長次は、掛川藩江戸下屋敷を見張った。

半纏《はんてん》を着た中年男が、掛川藩江戸下屋敷の裏手から出て来た。

「頭……」

長次は、中間頭に窓を覗《のぞ》くように促した。

中間頭は、窓を覗いた。

「ああ。野郎が源助だぜ」

中間頭は頷いた。

「造作を掛けたな」

長次は、中間頭に声を掛けて中間長屋を出た。


夕暮れの本郷の通りは、仕事仕舞いをした者が行き交っていた。

渡り中間の源助は、本郷の通りを湯島に向かった。

長次は尾行《つけ》た。

源助は、背は高いが取立てて肥ってもいない中年男……。

長次は、源助を窺った。

源助は、加賀《かが》国金沢《かなざわ》藩江戸上屋敷の前を通り、北ノ天神真光寺門前町に曲がった。

長次は追った。

北ノ天神真光寺の門前町には、小さな小料理屋や居酒屋が何軒かあった。

源助は、場末にある古い小料理屋の暖簾《のれん》を潜った。

長次は見届けた。

古い小料理屋には、『鶴《つる》や』と書かれた暖簾が掛けられていた。

源助は、古い小料理屋『鶴や』で平吉と落ち合うのかもしれない。

よし……。

長次は、古い小料理屋『鶴や』がどのような店か聞き込む事にした。


「鶴やですか……」

酒屋の手代は、小料理屋『鶴や』を知っていた。

「ああ。どんな店なのかな」

長次は、懐の十手を見せて尋ねた。

「仁平《にへい》さんって板前の旦那《だんな》が一人でやっている店ですよ」

手代は告げた。

「仁平さんか……」

「ええ……」

「仁平さん、どんな人かな」

「どんなって、只《ただ》の小料理屋の旦那だと思いますけど、あっ、ちょっと違うかな……」

手代は、首を捻《ひね》った。

「何が違うんだい……」

「この辺の飲み屋は、所の地廻《じまわ》りに見《み》ケ〆料《かじめりよう》を払っているんですがね。仁平さんの鶴やだけが見ケ〆料、払っていないって噂でしてね」

手代は声を潜めた。

「鶴やだけが見ケ〆料を払っていない……」

長次は、厳しさを過《よぎ》らせた。

「ええ。噂ですがね。仁平さん、只の小料理屋の旦那じゃあないのかもしれませんね」

手代は、強張《こわば》った笑みを浮かべた。

「ああ……」

所の地廻りに見ケ〆料を払わない小料理屋の旦那……。

長次は、小料理屋『鶴や』の仁平の素性が知りたくなった。

夜は更け、小料理屋『鶴や』の軒先の提灯は揺れた。
源助は小料理屋『鶴や』に居続け、長次は見張った。
小料理屋『鶴や』は、僅《わず》かな客が出入りしていた。
余り繁盛はしていない……。
長次は、見張り続けた。
半纏を着た男がやって来た。
客か……。
長次は見守った。
半纏を着た男は辺りを窺《うかが》い、小料理屋『鶴や』の暖簾を潜った。
提灯の明かりが、半纏を着た男の顔を照らした。
平吉……。
長次は、半纏を着た男が平吉だと気が付いた。
平吉は、長次に気が付かずに小料理屋『鶴や』に入った。
平吉が現れた……。
長次は緊張した。

刻《とき》が過ぎた。
小料理屋『鶴や』の腰高障子が開き、平吉と源助が出て来た。
長次は、物陰から見守った。
平吉と源助は、北ノ天神真光寺裏に向かった。
長次は追った。

香済寺は闇に覆われていた。
権兵衛は境内の木陰に潜み、古土塀の崩れ掛けた処から忍び込んで来る者を待った。
痩《や》せた男が忍び込んで来た。
権兵衛は見守った。
痩せた男は、一つ一つの動きが遅かった。
何をしている……。
権兵衛は、怪訝《けげん》に見守った。
痩せた男は、古土塀の崩れ掛けている近くの雑草の茂みに入った。

その時、痩せた男の顔が月明かりに照らされた。
夜鳴蕎麦屋《そばや》の仙八だった。
仙八さん……。
権兵衛は戸惑った。
仙八は、雑草の茂みに潜み、思い詰めた顔で古土塀の崩れを見詰めていた。
仙八は何をしている……。
権兵衛は戸惑った。
まさか……。
権兵衛は、雑草の中を仙八に忍び寄った。
古土塀の崩れ掛けに人影が揺れた。
誰だ……。
権兵衛は、動きを止めた。
仙八は、懐に手を入れて古土塀の崩れ掛けを見据えた。
小柄な男が身軽に入って来て、慣れた足取りで庫裏に向かった。
仙八は、足音を忍ばせて小柄な男を追った。
権兵衛は続いた。

小柄な男は、庫裏に入った。
仙八は、見届けて庫裏の戸口の前の木陰に潜んだ。
権兵衛は見守った。
僅かな刻が過ぎ、庫裏の腰高障子が開いた。
仙八は身構えた。
黒頭巾《くろずきん》に黒合羽《くろガッパ》の妖怪《ようかい》黒法師が、庫裏から出て来た。
背恰好《かっこう》と身軽な足取りから見て小柄な男……。
小柄な男は、庫裏に隠してあった黒頭巾や黒合羽を着て妖怪黒法師になった。
権兵衛は睨《にら》んだ。
小柄な黒法師は、庫裏の裏に廻ろうとした。
刹那《せつな》、仙八は懐から匕首《あいくち》を抜いて小柄な黒法師に襲い掛かった。
小柄な黒法師は、身軽に跳んで躱《かわ》した。
仙八は、雑草に足を取られて倒れ、匕首を落とした。
「何しやがる、爺《じじ》い……」
小柄な黒法師は、仙八を蹴《け》り飛ばした。
仙八は、小柄な黒法師にしがみついた。

小柄な黒法師は、尚も仙八を蹴り、殴り付けた。

「おまきを、おまきを返せ……」

仙八は、鼻水を流して必死にしがみついた。

「爺い……」

小柄な黒法師は、仙八の首を絞めた。

仙八は、苦しく呻《うめ》いて藻掻《もが》いた。

刹那、権兵衛が小柄な黒法師を押さえ、鳩尾《みぞおち》に拳《こぶし》を鋭く叩《たた》き込んだ。

小柄な黒法師は、気を失って倒れた。

「ご、権兵衛さん……」

仙八は、激しく息を鳴らした。

「仙八さん、話は後だ……」

権兵衛は、小柄な黒法師を素早く縛り、猿轡《さるぐつわ》を咬《か》ました。

仙八は、呆然《ぼうぜん》とした面持ちで見守った。

権兵衛は、縛り上げた小柄な黒法師を担ぎ、本堂に向かった。

仙八は、慌てて続いた。

平吉と源助は、北ノ天神真光寺裏の空き地の傍を抜けて香済寺の前に来た。

長次は追った。

平吉と源助は、古土塀の横手の小道に曲がった。

長次は、古土塀の角から見守った。


平吉と源助は、古土塀の崩れ掛けた処から香済寺の中を窺った。

暗い香済寺に風が吹き抜け、木々の葉音が鳴った。

平吉は、梟《ふくろう》の鳴き真似をして、香済寺の闇を窺った。

香済寺の闇は、静かなままだった。

平吉は、再び梟の鳴き真似をした。

だが、何の反応もなかった。

「源助、市松、先に来ている手筈《てはず》だな」

平吉は訊《き》いた。

「ああ。庭の方を調べている筈《はず》だ」

源助は、怪訝な面持ちで暗い庭の方を窺った。

「妙だな……」

平吉は眉《まゆ》をひそめた。

「ああ。市松、何かあったかな……」

源助は、厳しさを滲《にじ》ませた。

「よし。源助、今日は此迄《これまで》だ」

平吉の獣のような勘は、危険を察知した。

「うん。だったら市松の家に行ってみるか……」

源助は告げた。

「そうだな……」

平吉は決め、古土塀の崩れ掛けた処を離れ、小道を戻り始めた。

どうした……。

長次は、素早く古土塀の角から離れ、空き地の雑草の茂みに隠れた。

平吉と源助は、古土塀の横手の道から出て来て香済寺の山門とは反対の水戸藩江戸上屋敷の方に進んだ。

長次は、眼の前を足早に通って行く平吉と源助を見送った。

何があったのか……。

長次は、古土塀の横手の暗い小道を窺《うかが》った。

横手の暗い小道に変わった事はない。

よし……。

長次は、再び平吉と源助を追った。

平吉と源助は、空き地の間の道を抜け、旗本屋敷街に進んだ。

何処に行く……。

長次は尾行《つけ》た。


本堂には青白い月光が差し込んでいた。

権兵衛は、縛り上げた小柄な黒法師の黒頭巾を毟《むし》り取り、活を入れた。

小柄な黒法師は気を取り戻し、権兵衛と仙八を見て狼狽《うろた》えた。

「妖怪黒法師か……」

権兵衛は笑い掛けた。

仙八は、憎悪の籠《こ》もった眼で睨み付けた。

小柄な黒法師は怯《おび》えた。

「訊く事に正直に答えなければ、妖怪黒法師として斬り棄て、山門に吊《つる》してやる」

権兵衛は、嘲《あざけ》りを浮かべた。

小柄な黒法師は、恐怖に震えた。

「名は……」

「い、市松……」

小柄な黒法師は、震える声で名乗った。

「市松、寺男の平吉の仲間だな」

「ああ……」

「仲間は他に誰がいる」

「百人力の源助……」

「百人力の源助だと……」

権兵衛は眉をひそめた。

「掛矢を振るう奴か……」

「ああ……」

「他には……」

「三人だけだ」

「して、平吉とお前たちは妖怪《ようかい》黒法師に化けて人が近づかぬようにし、香済寺の住職妙海が逃げる時に隠した金を探しているのだな」

「ああ。平吉、五百両はあると……」

市松は頷《うなず》いた。

「して、方丈と本堂、庫裏を探したが、五百両はなかったのだな」

「ああ……」

「して、今は何処を探しているのだ」

「それは……」

「云えぬか……」

権兵衛は、嘲笑《ちょうしょう》を浮かべて市松を見据えた。

「に、庭だ……」

市松は、恐怖に声を引き攣《つ》らせた。

「庭……」

「ああ。本堂の裏庭。で、今夜から方丈の庭を探す手筈だ……」

市松は吐いた。

「ならば、平吉と源助も来るのか……」

「ああ。もう、来ても良い頃だが……」

「来た合図は何だ」

「梟の鳴き声だ」

「梟の鳴き声か……」

「ああ……」

「それなら、さっき二、三度、鳴いたな……」

仙八は眉をひそめた。

「うむ。市松、どうやら平吉は、お前が現れないので危ないと感じ、帰ったようだな」

権兵衛は苦笑した。

市松は項垂《うなだ》れた。

「父《と》っつぁん、市松、殺すか……」

「いいや。此奴《こいつ》はおまきを突き飛ばして殺した平吉じゃあねえ……」

仙八は、悔しげに告げた。

「その通りだ。市松を殺った処でおかみさんは喜びはしない……」

権兵衛は、落ち着いた仙八に安堵《あんど》した。

四

水戸藩江戸上屋敷の裏には、下富坂町、中富坂町、上富坂町などの町家地があり、旗本屋敷に囲まれていた。

平吉と源助は、水戸藩江戸上屋敷裏の道を下富坂町に進んだ。

長次は尾行た。

平吉と源助は、下富坂町から中富坂町に進み、上富坂町に入った。

そして、上富坂町の外れにある長屋の木戸を潜った。

長次は、物陰から見守った。

平吉は、長屋の奥の暗い家の腰高障子を叩《たた》いた。

「市松、市松……」

平吉は、腰高障子を叩き、声を潜めて呼んだ。

だが、家の中から返事はなかった。

平吉は、腰高障子を引いた。

腰高障子は開いた。

源助と平吉は、市松の家に入った。

長次は、長屋の木戸から見守った。

平吉と源助が、市松の家から出て来た。

市松は留守だったようだ。

長次は読んだ。

平吉と源助は、長屋の木戸に向かって来た。

長次は、暗がりに隠れた。

平吉と源助は、長屋を出て来た道を戻り始めた。

長次は追った。


北ノ天神真光寺には参拝客が訪れ、境内には散歩する隠居や遊ぶ幼子たちがいた。

長次は、片隅にある茶店を訪れた。

「婆さん、茶を呉《く》れ。おはようございます」

長次は、縁台に腰掛けている権兵衛に挨拶《あいさつ》をし、隣に腰を下ろした。

「やあ。どうだった」

「見付けましたよ、平吉……」

長次は報せた。

「そうか、良くやってくれた」

権兵衛は笑った。

「おまちどおさま」

老婆が、茶を持って来た。

長次は茶を啜《すす》った。

「平吉、元は軽業師でしてね。昨夜、源助って軽業仲間と香済寺に行きましてね」

「百人力の源助だな」

「ええ。それから、やはり仲間の……」

「市松か……」

「旦那《だんな》……」

長次は、源助と市松を知っている権兵衛に戸惑いの眼を向けた。

「市松が妖怪黒法師に化けて庭を探そうとしていた処を押さえた」

「そうでしたか。それで平吉と源助、上富沢町の市松の住む長屋に行きましたよ」

「して、市松がいないと知り……」

「門前町の鶴やって馴染《なじ》みの小料理屋に戻り、今も……」

長次は笑った。

「そうか……」

「で、旦那、市松って野郎、妙海のお宝がどうなっているかは……」

「香済寺の中の何処にもなく、庭を調べ始めると……」

「庭ですか……」

「ああ。で、市松は大番屋に叩き込み、秋山さまに報《しら》せた。今頃、剃刀《かみそり》久蔵の厳しい責めを受けているだろう」

権兵衛は苦笑した。

「じゃあ、平吉と源助を……」

「長次、平吉と源助は、おそらく夜、妙海の隠した金を探しに来るだろう。その前に俺たちが探し出す」

権兵衛は笑った。

日差しは、鬱蒼《うっそう》と繁った木々の枝葉を輝かせていた。

権兵衛と長次は、木洩《こも》れ日の煌《きら》めく雑草に覆われた庭を見廻《みまわ》した。

方丈の妙海の座敷に面している庭には、雑草が踏み躙《にじ》られ、人の行き交った痕跡《こんせき》があった。

権兵衛と長次は、鎌を手にして座敷の濡《ぬ》れ縁に立った。

「長次。お前が妙海だとしたら、庭の何処に金を隠すかな」

権兵衛は訊《き》いた。

「さあて、寺男だった平吉にも気が付かれずに隠すとなると、庭は庭でも自分の座敷に近い処ですか……」

「成る程。よし……」

権兵衛と長次は、濡れ縁を下りて傍の雑草を刈って調べた。

だが、そこには何もなかった。

「ありませんねえ。じゃあ、旦那が妙海なら何処に隠しますかね」

長次は尋ねた。

「そうだな、俺が妙海なら、やはり……」

権兵衛は、隣の座敷の濡れ縁の端に進んで雑草を刈った。

雑草を刈る鎌は、雨戸の戸袋の前の雑草の中の石に当たった。

権兵衛は、石の周りの雑草を刈った。
石は一尺強の物だった。
権兵衛は、石を良く見た。
石には、風雨に晒《さら》されて消え掛かった目鼻があった。
古い石仏……。
権兵衛は眉《まゆ》をひそめた。
「石の仏さんですか……」
長次は、戸惑いを浮かべた。
「うむ。どうやらそのようだ」
権兵衛は、古い石仏を動かそうとした。
古い石仏は重いが、横に僅《わず》かに動いた。
動くようになっている……。
権兵衛は気が付いた。
「だ、旦那……」
長次は、驚いた面持ちで雨戸の戸袋を指差した。
権兵衛は、古い石仏から離れ、長次の指差している雨戸の戸袋を見た。

雨戸の戸袋の背板が開いていた。

古い石仏を動かすと、戸袋の背板が開く仕掛けなのだ。

権兵衛は、開いた背板から戸袋の中を覗《のぞ》いた。

戸袋の底には、木箱が入っていた。

「長次……」

「はい……」

権兵衛と長次は、戸袋の中から木箱を取り出した。

木箱は重く、革の帯がされていた。

権兵衛と長次は、木箱を濡れ縁に置いて革の帯を解いた。

「開けるぞ……」

「はい……」

長次は、喉《のど》を鳴らして頷《うなず》いた。

権兵衛は、木箱の蓋《ふた》を開けた。

木箱の中には小判が入っていた。

「ありましたね」

長次は、吐息を洩らした。

権兵衛は頷いた。

「うむ……」

「三百両以上はありますか……」

「ああ。妙海の隠し金か……」

権兵衛は苦笑した。


陽は西に傾いた。

北ノ天神真光寺の門前の小料理屋『鶴や』は、主《あるじ》で板前の仁平が店先の掃除をして開店の仕度をしていた。

店から平吉と源助が出て来た。

「じゃあ、仁平の親方……」

平吉と源助は、仁平に挨拶《あいさつ》をして北ノ天神真光寺の裏に向かった。

「今日こそ上手《うま》く行けばいいな」

仁平は、平吉と源助に声を掛けた。

平吉と源助は立ち去った。

長次が物陰から現れ、薄笑いを浮かべて平吉と源助を追った。

行き先は香済寺……。

長次は、平吉と源助の行き先を読んだ。

香済寺は山門に板を罰印に打ち付けられ、古い土塀の内側には木々の枝葉が繁っていた。

平吉と源助は、香済寺の前から古土塀の横手の小道に進んだ。そして、古土塀の崩れ掛けている処に来た。

平吉と源助は、古土塀の崩れ掛けから香済寺を窺《うかが》った。

香済寺の境内は、木々の枝葉の繁みと生い茂る雑草に満ち、人の潜んでいる気配はなかった。

「平吉……」

源助は、不安を過《よぎ》らせた。

「源助、市松が消えた今、今日が最後のお宝探しだ。いいな」

平吉は、厳しい面持ちで告げた。

「ああ……」

源助は、喉を鳴らして頷いた。

「行くぜ」

平吉と源助は、古土塀の崩れ掛けを乗り越えて香済寺に忍び込んだ。

長次は見届けた。


平吉と源助は、庫裏に入って戸棚の下の板戸を開け、奥から黒頭巾《くろずきん》と黒合羽《くろガッパ》を取り出した。そして、黒頭巾を被《かぶ》って黒合羽を纏《まと》った。

「よし……」

平吉は長脇差《ながわきざし》を腰に差し、源助は掛矢を手にして庫裏から方丈に向かった。


平吉と源助が、方丈の妙海の座敷から庭に出て来た。

濡《ぬ》れ縁の周囲の雑草は刈られていた。

「平吉……」

「ああ……」

「市松の野郎、先に金を見付けて、持ち逃げしやがったか……」

源助は、腹立たしげに読んだ。

「源助、辺りを詳しく調べるんだ」

平吉は、庭に下りて雑草の刈られた痕《あと》を調べ始めた。

源助が続いた。

「妖怪《ようかい》黒法師が妙海の残したお宝探しか……」

権兵衛の、笑いを含んだ声が響いた。

「えっ……」

平吉と源助は、慌てて身構えて辺りを窺った。

権兵衛が、庭の奥の木陰から現れた。

「ご、権兵衛……」

平吉は怯《ひる》んだ。

「元軽業師の寺男の平吉、妙海が後で取りに来る筈《はず》だった隠し金。取りに来たのなら、遅かったな」

権兵衛は冷笑した。

「権兵衛、手前《てめえ》、まさか……」

平吉は焦った。

「ああ。そのまさかだ」

「畜生。何処だ。見付けた金は何処にある」

平吉は、顔を醜く歪《ゆが》めて権兵衛に長脇差で斬り掛かった。

権兵衛は、刀を抜いて平吉の長脇差を打ち払った。

平吉は、踏鞴《たたら》を踏んだ。

「平吉、黒法師に化けて何人殺した」

「煩《うる》せえ」

平吉は、長脇差を振り廻《まわ》して権兵衛に斬り掛かった。

権兵衛は、斬り掛かる平吉を弄《もてあそ》んだ。

源助は、平吉が弄ばれているのを見て後退《あとじさ》りした。

「一人で逃げるのか……」

長次は、嘲笑《ちょうしょう》を浮かべて源助の背後の座敷に現れた。

「退《ど》け……」

源助は、掛矢を軽々と振り廻して長次に殴り掛かった。

長次は跳び退いた。

源助の振り下ろした掛矢が、根太板を打ち砕いた。

根太板の破片が飛び、土埃《つちぼこり》が舞った。

長次は、ぞっとした面持ちになった。

「野郎……」

源助は、掛矢を翳《かざ》して長次に向かった。

「冗談じゃあねえ」

次の瞬間、長次は源助に目潰《めつぶ》しを投げ付けた。

目潰しは、源助の顔に当たって灰色の粉を舞い散らせた。

源助は眼を潰され、掛矢を放り出して藻掻《もが》いた。

長次は、十手を構えて源助に襲い掛かった。

「神妙にしやがれ」

長次は、源助を十手で叩《たた》きのめした。

源助は、悲鳴を上げて倒れた。

長次は、倒れた源助を鋭く蹴《け》り飛ばした。

何度も何度も……。

百人力に容赦をしたら墓穴を掘るだけだ……。

長次は、源助を情け容赦なく殴り蹴り、捕縄を打った。

「百人力の源助も哀れなもんだ」

権兵衛は、長次に蹴り飛ばされて捕縄を打たれている源助を笑った。

「権兵衛……」

平吉は、狂ったように長脇差を振り廻して権兵衛に斬り掛かった。

此迄《これまで》だ……。

権兵衛は、斬り掛かる平吉を真っ向から斬り下げた。

平吉は、頭巾ごと額を斬り下げられて血を振り撒《ま》いて倒れた。

権兵衛は、刀を一振りした。

刀の鋒《きっさき》から血が飛んだ。

権兵衛は、吐息を小さく洩《も》らした。

微風《そよかぜ》が吹き抜け、木々の枝葉の繁みを揺らした。

香済寺の山門前には行き交う人が立ち止まり、恐ろしそうに眉《まゆ》をひそめて囁《ささや》き合っていた。

山門に打ち付けられた罰印の板には、黒法師姿の平吉の死体が括り付けられていた。

『人殺しの妖怪黒法師はこそ泥の平吉……』
死体の傍には、そう書かれた看板が立てられていた。
行き交う人たちは、恐ろしそうに平吉の死体を眺めて囁き合った。
権兵衛は、背後から見守っていた。
夜鳴蕎麦屋《そばや》の仙八が、誰に訊《き》いたのか小走りにやって来た。
仙八の父《と》っつあん……。
権兵衛は見守った。
仙八は立ち止まり、肩で息を吐きながら憎悪の籠《こ》もった眼で平吉の死体を睨《にら》んだ。
おまきの仇《かたき》……。
仙八は、平吉を睨み続けた。
権兵衛は見守った。
睨み続ける仙八は、やがて涙を零《こぼ》して嗚咽《おえつ》を洩らした。
仙八の恨みは消えた。
此で良い……。
権兵衛は立ち去ろうとした。
仙八は、権兵衛に気が付き、慌てて駆け寄った。

「権兵衛さん……」

「やあ、仙八の父っつあん……」

「権兵衛さんがおまきの仇を……」

仙八は、権兵衛に感謝の眼差《まなざ》しを向けた。

「仙八さん、平吉が斬られたのは、お前さんたち夫婦に拘《かか》わりはない……」

権兵衛は、言い残して歩き出した。

「権兵衛さん……」

仙八は、権兵衛に手を合わせた。

名無しの権兵衛は立ち去った。

本書は書き下ろしです。

裏《うら》の顔《かお》

名無《なな》しの権兵衛《ごんべえ》悪党狩《あくとうがり》

藤井《ふじい》邦夫《くにお》

令和7年 2月25日 初版発行

発行者●山下直久

発行●株式会社KADOKAWA
〒102-8177 東京都千代田区富士見2-13-3
電話 0570-002-301(ナビダイヤル)

角川文庫 24549

印刷所●株式会社暁印刷
製本所●本間製本株式会社

表紙画●和田三造

●お問い合わせ
https://www.kadokawa.co.jp/ (「お問い合わせ」へお進みください)
※内容によっては、お答えできない場合があります。
※サポートは日本国内のみとさせていただきます。
※Japanese text only

ISBN 978-4-04-115894-4 C0193

◇◇◇

角川文庫発刊に際して

角川源義

第二次世界大戦の敗北は、軍事力の敗北であった以上に、私たちの若い文化力の敗退であった。私たちの文化が戦争に対して如何に無力であり、単なるあだ花に過ぎなかったかを、私たちは身を以て体験し痛感した。西洋近代文化の摂取にとって、明治以後八十年の歳月は決して短かすぎたとは言えない。にもかかわらず、近代文化の伝統を確立し、自由な批判と柔軟な良識に富む文化層として自らを形成することに私たちは失敗して来た。そしてこれは、各層への文化の普及滲透を任務とする出版人の責任でもあった。

一九四五年以来、私たちは再び振出しに戻り、第一歩から踏み出すことを余儀なくされた。これは大きな不幸ではあるが、反面、これまでの混沌・未熟・歪曲の中にあった我が国の文化に秩序と確たる基礎を齎らすためには絶好の機会でもある。角川書店は、このような祖国の文化的危機にあたり、微力をも顧みず再建の礎石たるべき抱負と決意とをもって出発したが、ここに創立以来の念願を果すべく角川文庫を発刊する。これまで刊行されたあらゆる全集叢書文庫類の長所と短所とを検討し、古今東西の不朽の典籍を、良心的編集のもとに、廉価に、そして書架にふさわしい美本として、多くのひとびとに提供しようとする。しかし私たちは徒らに百科全書的な知識のジレッタントを作ることを目的とせず、あくまで祖国の文化に秩序と再建への道を示し、この文庫を角川書店の栄ある事業として、今後永久に継続発展せしめ、学芸と教養との殿堂として大成せんことを期したい。多くの読書子の愛情ある忠言と支持とによって、この希望と抱負とを完遂せしめられんことを願う。

一九四九年五月三日